김종두의 시

페이퍼로드

2023

절망의 벼랑에서
새들은 깃을 갈고 둥지를 튼다

페이퍼로드 시인선 | 03

# 절망의 벼랑에서
# 새들은 깃을 갈고 둥지를 튼다

김종두 시집

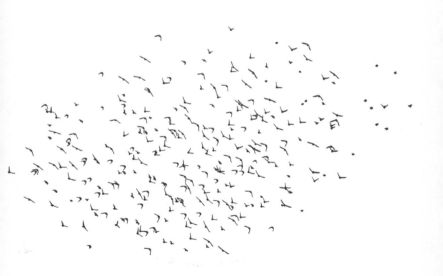

페이퍼로드
paperroad

# 시집을 엮으며 –

컴퓨터 앞에서
바랜 습작들을 뒤적거리며
자판을 칩니다.

자판에서 되살아난 시어 하나 하나가
내 가슴을 후비다 활자로 날아가
컴퓨터 화면에 눈발처럼 날립니다.

피가 돌고 살이 되는
따듯한 고봉밥 한 그릇처럼
'밥'이 되는 시를 쓰고 싶었습니다.

한겨울 쓸쓸한 밤에도
활자로 살아난 의미들이
우릴 지켜줄 것이라 믿습니다.

우리는 의미가 있게 살아남았습니다.
살아남아 의미 있는 자들로 분류됩니다.
살아남은 자의 몫을 다해야 할 때입니다.

추억 부스러기들을 모은
시 편들을 책으로 묶으면서
감추고 싶었던 부스럼 자국처럼
세상에 드러내기가 부끄러웠습니다.

치기 어린 부끄러운 졸작들을
우리들이 살아온 모습이라고
치켜세워 준 사촌형과
내 영원한 독자, 마눌님
객기를 부린 듯한 졸필을
정성스레 엮어 펴내 준
페이퍼로드출판사 대표님과 편집진 여러분께
고마움을 전합니다.

# 차 례

시집을 엮으며 / 7

## Ⅰ 내 고향, 금천리에서

새끼꼬기– 1970년대 가계부 / 14

추억 소묘 / 15

팽나무 아래서 / 16

시골 동창회 / 18

쥐불놀이– 1972년 겨울 / 20

추석 전야 / 21

자운영꽃 / 22

햇살 한 점 / 23

장(場) / 24

금천리 공판장 / 25

하모니카 / 28

감기를 앓으며 / 29

범람원 일기(汎濫原 日記) / 30

지워지지 않는 삽화 / 34

서울역에서 / 37

## Ⅱ 출향, 도시살이

산낙지, 마지막 좌판에서 / 40

단무지에 대하여 / 41

지하철, 무인검표기 앞에서 / 42

새벽바람 / 43

겨울교실— 금호동 야학풍경 / 44

간빙기(間氷期)에 살며— 5월, 다시 광주에서 / 45

패랭이꽃— 백혈병을 앓던 그 아이 / 46

〈祝詩〉— 진형! 결혼식에 부쳐 / 50

추모시 — 故 이철규 열사를 보내며 / 52

출근길 / 56

누에의 잠— 상계동에서 / 57

친구 / 58

겨울 강가에서 / 59

목포에서 / 60

길 위의 노래 / 62

연어를 기다리며 / 65

겨울바다에서 돌아오며 / 66

겨울나무 / 67

샛강에서 / 68

짝사랑 / 69

# Ⅲ 늦은 귀향

1970, 강가에서 / 72

눈물에 대하여 / 74

압정 / 76

임플란트 / 77

금천정류소, 어머니를 기다리며 / 78

장마 / 80

눈을 감으면 / 82

알람 / 83

들꽃 / 84

수박 / 86

퇴근길 / 88

우체통 아래 그 아이 / 89

숲속에서 / 90

폐가를 지나며 / 92

시계를 사다 / 94

세상은 / 96

나루터 / 97

격군의 노래— 울돌목에서 / 98

고슴도치 사랑 / 100

희망에 대하여— 죽마고우를 떠나보내며 / 101

섬을 지나며 / 102

아버지의 꿈 / 104

떼배를 띄우며 / 106

옛집에 누워 / 108

'김종삼 시인의 시인학교'를 청강하며 / 110

동백 / 112

목어 / 113

꽃상여 / 114

은어 낚시 / 116

감나무, 경계에서 / 118

그림자 해부학- 또 다른 자유에 대하여 / 120

플래카드 / 124

로드 킬 / 126

산다는 것이 / 127

금천리(錦川里) 1 / 128

금천리(錦川里) 2 / 130

신안선 / 131

벌초 가는 길 / 132

배롱나무 화촉 / 134

어머니와 소금 독 / 136

연날리기 / 138

막차를 기다리며 / 140

집어등 / 142

닥나무 문종이 백지 가계도 / 144

뻥튀기 / 146

나의 묘지 터에서 / 148

폐선 / 150

막차는 떠나고 / 152

외로움에 대하여 / 153

해는 저물고 / 154

당산나무 / 156

옛집을 허물며 / 158

어머니의 반짇고리 / 160

작가의 말 / 162

펴낸이의 말 / 164

# I
# 내 고향, 금천리에서

# 새끼꼬기

- 1970년대 가계부

꼬면 꼴수록
길어지던 가난을
아버지는 내내 꼬고 있었다.

# 추억 소묘

추억은
집배원의 손때 묻은
우표만 한 크기로 다가와
공회당 가설극장에서 상영되던
흑백영화 필름처럼
말없이 까무러치곤 한다.

송홧가루 흩뿌리는 고향 언덕,
낱낱이 벗겨지던 바람의 껍질을 나는
아직 잊지 못한다.

# 팽나무 아래서

골짜기를 흘러온 시냇물이
해찰하는 마을 어귀에
나는 한 그루 팽나무로 서 있었다.

여울에 반짝이는 물비늘
물살을 오르던 고기떼가
해 질 무렵 노을 속 산란을 하고
하루를 살아낸 새들이
팽나무 품으로 숨는다.

굴렁쇠를 굴리던 아이들도 지쳐
하나 둘 집으로 돌아가면
문득 고요가 몰려왔다.
세상이 적막할수록 서러워
흔들리는 가지마다 외로움이 달렸다.

앞산 이마에 햇살이 어른거릴 때 깨어
산 그림자가 마을로 내려올 무렵 끝나는 하루였지만
장마로 넘친 시냇물이 목놓아 우는 밤이나
풀숲에 깃든 새떼가

이따금 날아오르는 밤이면
깊은 잠에서 깨어나곤 했다.

가끔은
저 멀리 행렬 지어
산을 넘어가는 전신주나
뒤돌아보지 않고 바다로 향하는
강물의 뒷모습이 부러웠다.

산 너머 바닷가에
기다려줄 누군가가 있을 것인가.

감기를 달고 살았던 나는
고향 어귀 늙어가던 팽나무처럼
사나운 바람 속 머리를 풀어헤친 채
돌아올 사람들을 그려보곤 했다.

# 시골 동창회

빈 의자로 앉아 있었다.

시골 초등학교 동창회에
볼 수 있으리라 믿었던 영두와 창봉이는
드문드문 빈 의자로 주저앉고
나는 그토록 쉽게
만남을 떠올린 추정 밑에서
부끄러이 고갤 들지 못했다.

철판상가 공원으로 틈틈이
귀향할 날을 조여간다며
이따금 보내오던 영두의 편지 귀절과
고무 화학 공장에서 마취로 쓰러진 채
감꽃 흐드러진 고향 어귈 와보았다던
창봉이의 서투른 글씨체에 얻어맞고
나는 울었다.

유리창 너머 교정에는
사락사락 흰 눈이 쌓이고
마저 헤어오지 못한 벗들의 뒷모습처럼

군불 지피는 해거름녘,
황황히 흩어져 가던
마을의 연기자락을 훔쳐보았다.

# 쥐불놀이

## −1972년 겨울

쥐불놀이하던 것으로 되어 있다.
불씨 모아 밤하늘 가득
동그라미 하나 그리던 것으로 되어 있다.

언 손 비비며 가슴 깊이
불씨 하나 지피던 것으로 되어 있다.

# 추석 전야

성(兄)은 끝까지 오지 않았다.
바람 한 아름 보듬고
금방이라도 말상개* 언덕을 돌아
떡 허니 나타나것제,
그렇게 기다리는디
환장 안 하믄 나가 개아들 놈이제.
강변에 소 뜯기던 아이들도 죄다 가불고
워메, 절골 산자락에 희근 대보름달이
나만 보고 히죽히죽.

* 말상개 : 전남 광양시 다압면 금천리 입구에 있는 산줄기 끝자락으로
　　　　　섬진강 물을 마시는 말의 형상을 닮았다 해서 붙여진 지명.

# 자운영꽃

무등 태워주기를 좋아하던 누이의 삶은
자운영 꽃대처럼 길지 못했다.

쑥버무리만 먹어도 얹힌 듯
밤새 가슴을 쓸어내리던
누이의 하얀 손톱이 그렇게 예뻐 보이던 날
나는 더 이상 무등을 태워달라고 조를 수 없었다.

자운영꽃
뿌리지도 않은 뒷산 채마밭에는 그 해
누이의 옷매무새처럼 가냘픈 자운영꽃들이
바람에 흔들리며 두런대곤 했다.

# 햇살 한 점

아래채 뜨락에는 조막만한 햇살 한 점이 잠시 걸쳐 있다 물러가곤 했다. 햇살을 향해 송사리떼처럼 몰려든 또래의 아이들은 퍼질러 앉아 팽이를 깎거나 썰매며 송곳 따위를 만들었다. 시주승이 빠져 죽었다는 중소(中沼)에 얼음이 내심 짱짱하게 깔리기를 고대하면서… 송곳에 꽂을 대못의 못대가리는 늘 광 속 깊이 숨겨진 도끼를 꺼내다 내리찍곤 했다. 드문드문 빠진 도끼의 이빨에서 지난 겨울을 되새김질하면서, 내리찍을 때마다 행여 얼음이 풀리는 건 아닐까 하는 불안감들이 조청처럼 끈끈한 땀으로 손아귀에 달라붙었다. 도끼질은 더욱 빗나가고 빗나가고. 하늘에 은빛의 도끼날이 반짝거렸다 사라지곤 했다.

# 장(場)

장으로 가는 설레임이 없다면
삶은 허전하리.

읍내 닷새장이 서는 날이면
마을 어귀 강나루에서
해거름 내내 물수제비를 뜬다거나
아지랑이를 쫓으며
돌아올 어머니를 기다렸다.

몇 번을 올려다 봐도
그자리에 옴짝달싹 않는 해를 향해
종주먹을 해대거나 풋감을 먹이며
해넘이를 고대하곤 했다.

마음 가득 어머니가 들고 오실
장 보따리의 크기를 어림하면서
내 두 볼때기를 불려줄 눈깔사탕이나
운동회에 맘껏 뽐낼 운동화를 그려보면서
땡볕 하늘을 노려보곤 했다.

# 금천리 공판장

나는 풍구를 돌리고
어머니는 담아 붓고

겉보리 까시래기 검불
바람 띄워 보내듯 남은
논 다랑이 두어 마지기 농사에
알알이 영근 가난들

하도 많은 사연이라
꼭꼭 꿰매야 한다는 보릿자루에
한숨과 시든 노래마저 담아
기다렸던 하곡 수매날

새벽같이 내다 놓은 보릿자루 옆
공판장 담벼락에

**[과학영농 선진농촌]**

고딕체가 일렬로 웃고
온다간다 기별 없는 수매 트럭에
성질 급한 최 씨 환희*마저 다 타는데

느긋이 나타난 검사 계장의
완장 두른 서슬에 모두가 침을 삼키고
다짜고짜 찔러대는 쇠꼬챙이에
주루룩 흘러내리던 낟알이
어머니의 슬픈 노래는 아니었을까.

강변 다랑이 소작 부치던 김 씨는
씨알이 덜 여물었다고
스무 가마 모두 이등을 받자
한여름 물난리 탓이라며 대폿집으로 가버리고
덜 받는 돈보다 어디 사람 기분 그렇던가
멀찍이서 한 마디씩 거드는데
신품종이라 받아 뿌린 겨울보리가
알만 굵고 때깔 검어 탈이라며
밤새 채이던 당신의 혀끝처럼
꿈은 언제나 헛헛한 것일까.

알알이 영근 가난을
일등 이등 도장 찍어 갔을까.
금천리 공판장
먼지만 수런대고

*환희 : 70년대 판매되던 값이 싼 담배 이름

# 하모니카

배고플 때 불던 하모니카
불수록 배고프던 하모니카
불고 나면 눈물나던 하모니카

# 감기를 앓으며

내 녹슨 화로에 간절한 불씨 하나 숨어 있어
금 간 신경 마디마디를 태우다 보면
막막한 울림만 남곤 한다.

우리가 바람 부는 날 하필
풀잎으로 돋아 쓰러지기도 하고
해갈의 꿈에 몸겨누운 삭정이로 푸석이기도 하며
새들이 깃을 갈고
누운 갈대가 다시 서는 날들을 위해
휴화산으로 잠재워둔 불씨
감기는
한 시절 꼿꼿한 몸살이듯 퍼져
겨울의 끝자락을 더듬는 촉수가 된다.

해.열.제.

어머닌 아직 아궁이 고래 깊숙이 군불을 지피고

# 범람원 일기(汎濫原 日記)


I

일어나 보면 강변,
들판 가득 벙벙한 바다 하나 들어와 있곤 했다.
갈참나무에 걸린 확성기가
끓는 가래침을 삼켜가며
지루한 장마를 예보해 온 지 오래일 무렵
나는 곰팡내 습습한 다락에서
창백한 꿈을 꾸곤 했다.
강은 안개 자욱한 윗녘 산자락 사이로
하혈(下血)을 쏟아내고
떠내려 가버린 나의 유년
햇빛 한 줌이 그리웠다.

II

주름살 늘어나듯 어머니 하나 둘
강 나루터로 모여들었다.
백혈병을 앓던 보름달이
식빵만 한 크기로 떠 있고
대폿집에 퍼질러 앉은 남정네들은
술독을 기울이다
애꿎은 성냥불만 그어대며
'새마을' 담배 연기에 취하곤 했다.

역병처럼 온 마을에 번진 소문에는
소학교를 일등으로 졸업했던 성식이 형의
잘려나간 발가락이며 서울 변두리 어디쯤
색싯집에서 보았다는 이웃집 봉순이 누나
이야기가 떠돌기도 했다.

야간열차로 밤을 질러온 형들은
어슴푸레한 강 안개 사이사이로
도강(渡江)을 준비하고 있었다.

III

할머니 밤마실에 나서면
나는 호롱불을 치켜들었다.
마실이라 해봐야 삼십여 호 근방임을
이미 알고 있었지만
흔들리는 불빛 끝에 묻어나오는
어둠더미 속으로 걸으며
하염없는 희망을 지펴 올리곤 했다.

밤마실 고샅에는 별빛들이 서성거렸다.
더러 내가 돌부리에 걸려 휘청일 때도
할머니는 못 본 척 아무 말이 없었다.
호롱불 심지는 돋우면 돋울수록
짙은 그을음을 내뿜곤 했다.

IV

밤이 익어 갈수록 되살아나는 강
물소리 밤새 뒤척거렸다.
물소리에 잠긴 듯 조는 마을
깔깔한 바람 질긴 근육질 사이로 비는 내리고
취한 듯 비에 젖은 나의 귀로는
아득히 가물대는 외등(外燈) 같다.

# 지워지지 않는 삽화

#이야기 하나#

상경(上京)의 밤 열차를 타본 사람이면 알지.
돌아앉은 아버지의 등 뒤로 깔리는 침묵과 부여잡은 채
놓을 줄 모르던 어머니의 거칠대로 거칠어진 흐느낌을.

#이야기 둘#

밤 열차를 타본 사람이면 잘 알지. 개찰구에 버티고 선
금테모자 눌러 쓴 역무원이 들고 있던 검표기가 왜 그리
도 싸늘하게 비치는지를. 형광등 불빛이 가늘게 떨릴 때
마다 화들짝 놀라 깨던 대합실 의자에서 잠 끝에 측백나
무 울타리 어디쯤 염탐해 둔 개구멍을 통과하다 보면 바
짓가랑이 온통 달라붙던 도깨비풀의 만류를. 밤 열차를
타본 사람이면 잘 알지. 거친 숨 뱉어내며 막 출발하려는
열차를 왜 한달음에 올라타야 하는지를.

# #이야기 셋#

우리네 아버지와 할아버지가 초가 이엉을 걷어내다 황망히 피워물던 '새마을' 연기 아련하던 시절 지독히도 몰아치던 도시로 도시로 바람. 차창에 성에꽃이 피던 밤 객차의 빈 자리를 두고도 화장실이나 바깥 통로에서 서성이다 무심히 바라본 두고 온 고향, 그 끝자락 산등성이 너머로 지던 달빛 들이치는 바람을 피해 어느 구석 쪼그려 앉으면 두 방망이질 치던 가슴 졸임 끝에 혼곤히 쏟아지던 단잠. 아득한 새벽녘 부스스한 얼굴로 찐 계란을 사먹다 발견한 그 속에 담긴 의미처럼 먹고 살기 위해 껍질을 깨고 나오듯 도망쳐 온 서울.

# #이야기 넷#

하여 종착지 서울역에서 슬금슬금 꽁지가 빠지게 철로 위로 내빼다 공안이나 역무원들에게 걸려도 일찍이 그런저런 사정 훤히 알기나 한다는 듯 군밤 한 대로 훈방할 때 오! 서울역 광장에 분수처럼 쏟아지던 햇살 햇살 비늘들 눈이 부셔라.

# #이야기 다섯#

지난 설에 받아둔, 침 묻혀가며 꼭꼭 눌러 쓴 또래 친구
나 알듯 말듯 곁다리 먼 친척의 손때 절은 주소를 들고
낯선 도회의 이름 모를 골목을 헤매다 굶기를 밥 먹듯 해
본 사람이면 너무 잘 알지.


# #이야기 여섯#

도피를 꿈꾸던 기억들은 지워지지 않는 증거이므로 그래
마치 우리 불안했던 과거와 항시 모자랐던 밥에 대한 추
억은 숨기고 싶은 멍울이므로. 사람이면 도회에 사는 사
람이면 누구나 하나의 고향 하나의 귀향. 언젠가는 표표
히 떠나리라는 꿈을 그리며 산다.

# 서울역에서


기차가 떠나고
어머니도 떠나가셨다 서울역에서
두고 가신 보따리엔
김 몇 톳과 미역 꾸러미가
저릿한 갯내음을 뿌리며 나를 흔들었다.

"야야, 이 들기름은 아침마다 한 종지씩 챙겨 묵거라."

그 밤새 나는 고향 뜨락 감나무에
남겨두었을 까치밥처럼
붉은 반점 가득한 그리움
홍역에 떨었다.

Ⅱ
출향, 도시살이

# 산낙지, 마지막 좌판에서

난 알아.

그대들이 내 살아 있음을 원할 때 죽는다는 것을.

포장마차 마지막 좌판에서
한껏 홀로 버텨도 보지만
도마 위론 잔별이 지고
사지의 곱절이나 되는 아픔들
램프 빛 슬픔에 탈 적마다
축배의 잔은 길어져
그대보다 내가 먼저 취한다는 것을.

난 안다.

이 밤새 퍼붓는 함박눈처럼
굵디굵게 썰리어
그대들의 가슴속에 내가 녹아도
나는 아직 낙지라는 것을.

# 단무지에 대하여

타일에 부딪힌 햇살의 관절이 부어오른 골목에
단무지 몇 알 구르고 있다.
뾰족구두가 못 박고 지나간 당황한 가슴으로
요릿집 배달 소년은 부끄럼을 주워 담고
어릴 적 기억 속에 떠오르던 반달 같은 단무지가
지문의 미로를 따라 노을져 올 때
너는 아득히나 감봉의 숫자를 헤고 있었는지도 몰라.

행인은 노란 분필 가루, 지우지 않으셨던
선생님의 손가락을 아직도 아름답게 떠올리고 있다.

# 지하철, 무인검표기 앞에서

얼마나 달려왔나요?
당신의 심장은 아직 뛰고 있나요?
혹시 무임승차는 아닌지요?

(금속성으로)
삐 —————— 이

"자격 미달입니다.
통과시켜드릴 수 없어요.
초과한 분량만큼 금액을 지불하세요.
그러고 보니 당신의 삶은 엉망이군요."

# 새벽바람

바람이 분다.
무념무상의 하늘가
나무뿌리 끝에서 휘돌아 불고
바람은 멎질 않는다.

새벽녘
어슴푸레한 안개는 끝없고
한 움큼 빠져나온 머리카락은
베갯머리에서 맴돌 뿐
바람은 잠들지 못한다.

금호동 축대 밑
웅크리고 있던 한 점 바람
동두천 살 내음 감춘
망초꽃 무늬 휴전선 녹 슨
바람은 어디에서고 불어와
내 작은 창문을 뒤흔들어놓고
가끔은 불면의 옴팍 가슴에 연좌하는
신신한 바람이 분다.

# 겨울 교실
### – 금호동 야학 풍경

막막했다.
칠판 가득 국정교과서를 옮겨가며
그럴듯한 밑줄 긋고 침 튀기다 보면
하나같이 일어서는 의문부호, 너희들
기운 싹들의 순수 앞에
내가 서 있어야 할 자리는
늘 보이지 않았다.

한 자 한 자 써 내려가
칠판으로 짙어진 보리밭에
말라가는 싹들을 돋우고 다독이는
괭이질이 되어야 함을 알면서도
겨울 보리밭에 속성 비료 뿌리듯
분필 한 조각 얇은 무게를
교실 가득 뿌려댔다.

마지막 불씨마저 달아난 겨울 교실에
난로가 식어갈 때마다
오히려 진땀 나던 야학 교사
부끄러워 먼 산을 바라보지만
송전탑은 바다로만 가고
들판 어디에도 햇살은 내리지 않았다.

# 간빙기(間氷期)에 살며

- 5월, 다시 광주에서

한 번 물러간 추위는 먼 산 위에다 진을 칠뿐 내쳐 내려올 생각이 없는 모양이었다. 빙하의 시편처럼 살아남은 행인들은 길을 걷다 모처럼 맞은 햇살 세례로 적이 부풀어 오른 다리통을 꼬집으며 신기해하곤 했다. 인편으로 부친 편지에는 더러 물러간 추위의 지독했음과 오늘의 무료함을 타박하는 양이 역력했다. 툰드라, 몇몇 지역은 추위가 물러나며 성깔을 부린 양 얼음 부스러기를 흩뿌려 작은 규모의 싸움이 있기도 했지만 가장자리부터 서서히 이끼가 먹어 들어가 이내 초원을 만들어 버렸다. 추위와 싸움에서 완전한 승리라고 장담하는 부류도 있었다. 모두가 그 혹독한 빙하기가 멀리 갔음을 믿고 싶어 하는 눈치였다. 조심조심 새순을 틔우며 수림으로 빽빽할 꿈에 부푼 나무들도 따뜻한 바람결에 소식을 실어 보냈다. 얼었던 몸이 녹듯 마음도 녹녹해지자 곧 말의 잔치가 풍성했다. 오고 가는 말의 갈피는 대개 만년설의 유예기간에 관한 것들로 그 끝매듭은 늘 산 위에서 녹아내리지 않으리라는 믿음이 앞섰다. 눈싸움에 지친 아이들도 하나 둘 집으로 돌아갔다. 얼음덩이 속에 갇혀 있던 겨울 철새 한 마리가 일직선을 그으며 날아올랐다. 이따금 산간지방에서는 눈사태 같은 기습도 있었으나 무위에 그칠 뿐 눈치 빠른 사람들은 설경에 취하기까지 했다. 멀리서 얼음이 풀리는 소리가 간간이 들려왔다. 추웠던 기억들도 서서히 눈 녹듯 녹아 햇살에 반짝거렸다.

# 패랭이꽃

― 백혈병을 앓던 그 아이

하나

지워지지 않는 이름으로 남아 있었다.

서울대병원 본관 10층 중환자실
그 아이 죽어 패랭이꽃
스물두 살 꿈이 무너져 내려
나의 학생수첩 주소록에
낡은 흘림체로 비가 내린다.

재생 불량 악성빈혈

외우기조차 힘이 드는 병명이었다.
보성 땅 어딘가가 고향이라던
시골 상고 졸업하고 도시를 떠돌다
식품회사 생산부에 입사하던 날
어머님 앞으로 하얀 겨울 긴 밤을
눈물 찍어 보냈다던
남의 피 한 봉지가 네 삶의 이틀 치 연장분이라던
A형 혈액형을 가진 그 아이.

둘


시집 한 권 사 들고 병실로 향하며
너의 절박함이 느껴지지 않았다.
'배불러 죽겠다'는 세상에 빈혈로 쓰러졌다는


보호자용 초록의 가운을 입고
덥석 내 손을 잡아버린 그 아이 어머니
삭정이처럼 마른 어깨 너머
슬픈 빛깔의 강이 흐른다.


언제부터 시작된 망설임일까.
진홍빛 고운 색깔, 피를 만들지 못하는
이름처럼 고운, 백혈병 병명처럼 슬픈 아이
온몸에 링거 꽂은 채
일어나라! 소망만큼이나 부풀어오른
꿈을 읽는다.

셋

사직서에 손도장을 찍은 후
달포를 못 넘기고 죽은 그 아이
남기고 간 정기저축예금 통장란에
농어촌 의료보험 카드란에
치료비 털어 붓고 나니
붉은 줄만 그어져 있었다.

이번 수술만 잘 끝나면
막막한 병실을 빠져 나와
보성강 강둑도 거닐어 보고
되찾은 눈으로
억새 풀 넘실대는 들판도 볼 수 있을 거라며
어머니를 달래던 아이.

그 아이 죽어 패랭이꽃,
보성강 강둑에 핀 패랭이꽃
내 안에 다시 살아나
예쁘게 예쁘게 키가 크는 아이.

중환자실 눅눅한 침대를 홀연히 빠져 나와
햇살 세례 가득한 둑길에서 조을다
말쑥해진 얼굴을 꼬집어 보고
신기한 듯 신기한 듯
까르르 웃고 있는 패랭이꽃 그 아이.


◉ 84학번 신입생 시절. 백혈병을 앓았던 한 여자를 추모하며

〈祝詩〉- 진형! 결혼식에 부쳐

# 물푸레나무와 채송화를
# 한 뜨락에 심으며


그런 시절이 있었네.
우리가 바람으로 낯선 거리를 헤매며
최루 분말 맵싸한 코를 풀던
겨드랑이쯤 돋아나는 날개, 돌멩이에 달아
진땀과 소망을 버무려 날려 보내던 시절,

어깨동무 풀어 더러는 군대로 감옥으로 사라진 밤
명륜동 캠퍼스 금잔디광장 파릇한 싹들 위로
밤새 내린 이슬이 아픔인듯할 때
신문지 한 장 얇은 무게로 잠을 청하던
그런 아름다운 시절이 있었네.

그 시절 한 사내가 있었네.
와룡동 골짜기를 쓸려 다니며
취기로 밤을 삭여 가슴에 소금꽃 피우다
지쳐 돌아온 밤
콩나물 따끈한 국물로 아우들의 속을 달래주던
사람이 하나 있었네.

한 여자가 있었네.
어두운 시절 해거름녘 강가에서
편지를 전하는 우체부처럼
맑은 웃음 전하던 사람이 하나 있었네.
키를 달리하여도 어깨를 같이 하며
묵은 초가 이엉을 걷어내고 새 이엉을 얹는 이 날
뜨락 한 켠에 가투*에서 도망치다 보았던
참 이쁜 채송화며 달맞이꽃,
울타리 초롱초롱 등불 내거는 박꽃도 심고

하여 어둠이 우리를 에워쌀 때
낮은 포복으로 시대를 관통하듯
어스름 달빛 속으로 벗들 부르는 소리 소리들.

삭정이로 밑불을 살라
때죽나무 물푸레나무 군불 지펴놓고
산에서 아직 내려오지 못한 벗들 위해
고봉밥 한 그릇에 깍두기 찬이라도
가지런히 챙겨놓고 기다려줄
넉넉한 둥지가 있었네.

* 가투 : '가두 투쟁'의 줄임.

추모시 (故 이철규 열사를 보내며)

# 그대 표적이 되어 갔는가

그대 표적이 되어 갔는가.
채 말 다 하지 못한 오월
또 무슨 큰 설붐으로 갔는가.

세상은 철시하고 빗장을 걸어
우리들의 비겁이 부끄러이 핀 부스럼 길에
희희낙락 최루 가루 흩뿌리고
북소리를 들어도 울리지 않던 가슴들
닫힌 논리로 민주를 가늠할 때
무등의 뜨락에 빛고을에
한 줌 빛을 구걸하러 저승까지 갔는가.

그대 거닐던 영산강
가뭄에 목타하는 시방
핏빛 해갈 드리우러
꼿꼿이 걸음 옮겨 갔는가.
들풀 서걱이던 이슬 무거운 밤
이 도회의 마지막 복음처럼
그을린 넋으로 얼굴로
다시 건너올 수 없는

막막한 물살, 나루 건너
둑길 따라 걷는 그대 믿음처럼

그대를 죽인 것은 고문도
주검의 문턱까지 추적하던 개들도 아니었다.
들개만 키워 내모는 공화국은
정말 정말 아니었다.

여기 바로 네 주위에서 조을던
이 시대 나른한 간빙기에서
얼음보다 차갑게 굳어버린 가슴과
풀리지 않는 느긋한 뒷짐의 여유들
오 오, 무서운 이기와 외면이여.

그 꼬락서니 사나운 화술로
우리가 너의 양 어깨 비워두고
장래와 야망을 조감할 때
섧디 설운 발 구름으로
그 허허한 진동으로 갔는가.

더이상 눈물 보이지 않기로 했다.
독버섯처럼 가슴 깊이 번지는 담배연기와
소태만큼 쓴 소주로
네 죽음을 기울이지도 않기로 했다.

응전보다 아름다운 투쟁이여, 오라
이 가을 끝날 무렵 긴긴 장마 속
범람하는 사방천지의 또랑 봇또랑 물
알알이 만삭의 몸을 푸는
지금은 우리의 든든한 물기둥과
모아 쥔 주먹
펄펄 끓는 가슴을 그리워하나니.

세월처럼 또 삶처럼 물방울로 흐르다
여기저기 부딪혀 으깨져서
끝내 서로마저 알아볼 수 없어
무언으로 묵시로라도
하나 됨을 기뻐할 때까지
물이 되어 흘러가기로 했다.

모두 우리 표적이 되기로 했다.

그대 일군 수로 따라

⊙ 1989년 5월 이철규 열사가 의문사를 당하자, 서울지역 대학생연합 추모식이
성균관대학교 금잔디광장에서 있었다. 바로 전날 총학생회에서 추모시를 써달
라 해서 새벽녘까지 이 시를 써서 추모식에서 직접 낭송했다. 울음바다였다.
연필로 적은 원고를 학보사 여기자가 달라고 해서 가져갔는데 다음주 〈성대신
문〉에 실렸다. 당시 총학생회장을 했던 이봉원(성대 신문방송학과 84학번) 친
구가 최근에 후배들에게 부탁, 학보를 뒤져 이 시를 찾아주었다. 몇몇 거친 부
분을 수정했다.

# 출근길

아침이면 열차는 이 도시로 와
총총한 걸음들 부려놓고 간다.

산개(散開)하라!

구호도 없이
한 방울 물이 되어
그대 삶의 골목, 저잣거리로 사라진다.

# 누에의 잠

― 상계동에서


우리들 날개는
언제쯤 돋아나는가.

돌아가리.
꿈길 걷듯 주름진 보행으로
스물거리는 그리움 하나
상계동 마들평야 어디쯤 촘촘히 박힌 아파트
콘크리트 섶에 올라 잠을 청한다.

잎잎이 쌓이는 음각형 언어 보았네.
보았네 눈부신 토사(吐絲)로 잦는 타래진 삶들
그 안에 고이는 어둠 풀 수 없어
그대, 그대로 홀로 갇힌 번데기.

상계동 들판에 부는 한결같은 바람
우리들 날개는 언제쯤 돋아나는가.

# 친구

까닭 모르게 삶이 허한 날은
친구가 그립다.
그냥 멍하니 바라보아줄 친구
술잔에 말없이 술 따라주며
조용히 함께 마셔줄 친구

내 얼굴의 수심, 그 깊이를 읽을 줄 아는
"힘내 임마!" 하며 돌아서는 어깨에
쌈빡하게 한마디 던질 수 있는 친구

그러다 가끔은
나를 끌어안아 줄 그런 친구가 그립다.

# 겨울 강가에서

비워야 할 것들이 많아
아직 겨울 강가에 서 있다.

지나온 길처럼 강물도 흘러왔다.
급한 여울에서 쓰러지고
자갈길을 더듬어 온 강은
세상살이가 더러 에돌아 굽이치고
낮추고 낮추어 아래로 흘러야 한다는 것,
아무도 함께할 수 없다는 것을.

밤이 삼켜버린 강물은
여울 소리만 아득한데
미처 비우지 못한 욕망들 사이를
시린 바람이 훑고 지나며
나를 흔들었다.

세상살이라는 게
비우지 못한 열망을 앓거나
틈새를 엿보는 열망을 다독이며
느린 걸음으로 나아가는 것임을
강은 들려주었다.

# 목포에서

1.

바닷가에 산다는 것은
파도처럼 뒤집어지는 가슴을
진정시켜야 하는 일일지도 모른다.

이따금 함량 미달의 바람이 불었다.
도시는 문을 닫고
어떤 속삭임도 듣지 못했다.

소식에 목말랐던 나는
기다림에 지칠 즈음 바닷가에 서 있었다.
포구에는 내 열망의 높이만큼 해일이 일었다.
삭이지 못한 그리움들
바다를 떠돌다 갯벌과 함께 가라앉고
가끔은 먼바다로 흘러가는
슬픔 조각들도 보였다.

2.

벗들은 오지 않았다. 목포역에서
신호등에 걸려 멈추어섰던 사람들
쫓긴 듯 귀가를 서두르고
택시들은 기다려줄 누군가가 그리운 듯
내달리곤 했다.
때론 둥지를 이탈한 비에 젖은 비둘기가
구구대며 보도 위를 서성거렸다.
정체불명의 안개로 기습당한 도시는
가슴 졸이며 숨을 죽였다.

# 길 위의 노래

– 멈추어 설 수 없는 수레바퀴처럼
   앞으로 나아가는 것이 순례자들의 운명이다. –

하나

깊어지는 그리움처럼
겨울바다에 눈이 내린다.

바다에서 시작된 길
길은 폭설로 덮여 발길마저 끊어지고
가로수는 의심스러운 그림자를
길 위에 드리워놓았다.

바다에 몸을 푸는 눈발도
뼈를 추스르듯
밀려오는 파도에 휩쓸린다.

둘

헛헛한 가슴 챙겨 들고
어디론가 떠날 때는
약간의 설레임도 가져볼 일이다.

낯선 도회 거리를 헤매다 지치더라도
그 길의 시작과 끝에 대해
궁금해하지 말아야 한다.

낮게 깔리는 구름이나 소나기를 만나더라도
호주머니 속 동전 몇 잎을 만지작거리며
비에 젖을 수 있어야 한다.

노을 한 점 같이
뒤돌아 다시 보고픈 사람을 만난다면
두고두고 그리워할 그런 사람을 만난다면
함께 걸어갈 수 있어야 한다.

셋

시작이 어디고 끝이 어딘지 모를
슬픔의 깊이가 얼마인지 모를
서걱이는 억새밭에 어둠이 내리고
무서리가 쌓이는 길

우리가 순례자처럼
사랑과 자유, 사람다움을 찾아
함께 길을 걷다 보면

내가 길 위에서 만난
모든 것들의 의미를
모든 것들의 사랑을
길 위에서 읽어내듯이
길 가 채송화며 민들레
자운영꽃 할미꽃
물푸레나무 플라타너스 벚나무도
함께 길을 걷는다.

# 연어를 기다리며

바닷가 길목에 서서 연어를 기다린다.
낯선 해안가 철 지난 바다를 헤엄치다
비늘이며 지느러미 가득
해초의 풋내 묻혀올 연어를 기다린다.

모천의 모래알이나 물 냄새
기억을 더듬어 오는
연어를 기다릴 때마다
내 가슴속에는 싱싱한 해초가 자란다.

그대 등지느러미에
머물다 사라지던 달빛
이국의 밤하늘에 빛나던 샛별
몰아치던 폭풍우에 얽힌 이야기를 들려줄
연어를 기다리는 동안
어느새 한 마리 연어가 되어 있었다.

# 겨울바다에서 돌아오며

무엇 하나 떼어놓지 못하고 돌아왔다.
겨울바다에서
서로 몸 부비며 함께 찬바람 맞는
젖어도 함께 젖는 모래알들 보며

어둠 속으로 길을 내는
심야의 고속버스처럼
아직 돌아갈 곳이 있다는
미등(尾燈)의 믿음, 꼬리를 물고
돌아오는 길.

고향길 떠나올 때 손 흔들어주시던
사립 밖 할머니처럼
파도가 하얀 손수건을 흔들어대고 있었다.

# 겨울나무

겨울이면 나무는 옷을 벗는다.
황망한 바람에 나신(裸身)을 맡긴다.

수맥을 따라 조용한 꿈들이 하늘로 솟고
추울수록 안으로 돋는 삶의 단단한 각질이여
겨울이면 나무는 비로소 나무가 된다.

# 샛강에서

간혀 있을 줄 아는
물 알갱이만이 둑을 허문다.
한 알의 욕망들 다스려 힘이 될 때까지
하여 마지막 둑을 넘기까지
세상은 쉽게 바다를 보여주지 않는다.

물 한 알갱이의 꿈
샛강을 떠나 흘러간다.

# 짝사랑

이른 아침 제과점을 지나다 맡는
빵 냄새처럼 향긋한 그대.

꽃다발보다 한 송이 들꽃 같은
좌판 뒷줄에 놓인 사과처럼 수줍어
포장마차보다 빨리 잠드는 그대.

그리운 사람 오갔을 오솔길에
책보퉁이를 베고 누워
그댈 기다리는 동안
시간의 덧없음과
뭇별의 영혼들에 대해 생각했다.
오지 않는 그댈 기다리며.

Ⅲ
늦은 귀향

# 1970, 강가에서

시간을 껴안고 강물이 흐른다.
강물은 은어떼가 물결을 타고 오르듯
세월을 거슬러 빈집 처마 끝에 멎는다.

사람들은 강가에서 훗날을 기약하며 떠나가지만
억새풀 서걱이는 소리에 이미 젖은 강물은
이별의 깊이나 서러움에 대해 말하려 하지 않는다.

흐르는 강물은
무심코 집어던진 조약돌이나 바랜 사진첩처럼
잠시 추억으로만 기억될 뿐
달빛에 반짝이는 고기떼나
물결이 비늘을 터는 시간 속에 머물지 못한다.
강물이 밤낮을 헤어 바다로 흘러가듯
사람들은 무리 지어 도시로 떠나가고
돌아오지 않는 사람들을 기다리는 정류소에서
막차마저 떠나면
남아 있던 사람들도 흔들리다 흔들리다
도시로 흘러간다.

똬리봉이나 신선대 아래
일기예보에도 없는 산간, 금천리에
몸서리 무서리가 치도록 눈이 내리고
저 멀리 위태로이 가물거리는 마을,
외등은 바람결에 흔들리는데
아득한 산마루 달빛 아래
홀로 남은 고라니 한 마리
밤새 울부짖다 지쳐 돌아간다.

# 눈물에 대하여

속절없이 눈물이 흐른다.
나이 들어가면서
까닭 없이 눈물이 흐른다.

눈물 없는 삶이 어디 있으랴.
되돌아보면 지워지지 않는 기억, 골짜기마다
눈물이 흘렀다.

눈물도 색깔이 있다.
눈물마다 맛이 다르다.
눈물마다 그 깊이를 가늠할 수 없다.

한 움큼 눈물이
한나절의 통곡이
숨어 흐리는 한 방울의 눈물보다
진하다고 말할 수 없다.

눈물이 있어야 사람은 아름답다.
아름다운 사람만이 눈물을 갖고 있다.
한 방울의 눈물로 세상은 맑아진다.

직박구리 둥지에서 막 깨어난 어린 새가
엄마를 찾아 눈물을 흘린다.
나도 멀리 떠나가신 어머니가 보고 싶어
눈물을 흘린다.

삶이란
눈물을 흘리기 위해 살아가는 것
눈물 없이 살 수 없는 것
산다는 게 그런 것이다.

# 압정

원형 판에 철심 하나 세워
세상을 겨눈다.

무시하지 마라.
하나의 압정으로도
이 밤이 악몽일 수 있으니

함부로 걷지 마라.
세상의 압정들
네 한 걸음 지켜보고 있으니

# 임플란트

상한 치아를 뽑고
임플란트를 한다.

터파기를 하고
콘크리트를 붓고
철심을 넣고
성형한 치아를 맞추어 넣으면
다시 물고 뜯고 씹을 수 있다.

무엇을 잘못 먹어 왔을까.
무엇을 더 먹으려고
의치를 해 넣은 것일까.

의치를 만지며
내 삶이 흔들리지 않았으면.
내 삶이 썩어나지 않았으면.

# 금천정류소, 어머니를 기다리며

어머니는 고사리며 봄나물을 뜯어
새벽녘 첫차를 탔다.
장으로 가는 어머니의 어깨에는
식구들이 매달려 있었다.

해빙으로 언 땅이 녹아
봄풀이 올라오기 전까지
겨울철 밥상은 방부제 냄새로 찌든 수제비가 대부분을 차지했다.
밀가루 포대엔 태극기와 성조기 아래
사내들의 굵은 팔뚝이 악수를 하고 있었다.

장에서 돌아오실 어머니를 떠올리며
나는 정류소 주위를 하루 내내 맴돌 뿐,
한 발짝도 벗어나질 못했다.

뽀얀 먼지를 뚫고
튀어나오는 버스를 보며
난 어머니 냄새를 맡곤 했다.
이 차엔 어머니가 없다.
다음 차에도 그 다음 차에도
내 예상은 한 치도 빗나가지 못했다.

낡고 헐은 버스는 힘겨웠던지
느릿느릿 신작로 길을 더듬으며
내 조급함을 갉아 먹곤 했다.

# 장마

먹구름은 한여름 보내온 소포처럼 마을에 닿았다.
장마는 골목마다 흙냄새를 뿌려댔다.
정갈하던 산지박골 우물이 황토빛으로 뒤척이면
가슴이 덜컥 내려앉은 사람들은
논의 물꼬를 보러 나가거나
가축들을 다독여 우리에 묶었다.
아이들은 빗속을 내달리다
흠뻑 젖은 채 집으로 돌아왔다.
신열을 앓듯 달구어진 아이들은
하얀 김을 뿜어내며 잦아들질 못했다.

마을마다 골고루 뿌려진 장맛비로
사람들은 해갈이나 한 듯 간절한 마음으로
전 쪼가리를 부치고 칼국수를 끓였다.
이끼 무성한 돌담 아래
시무룩한 두꺼비가 뚜벅뚜벅 걸어 나오고
낙엽이 뒹굴며 바싹 말라가던 봇도랑엔
강으로 내달리는 황토물 소리.

장마가 길어지면서
마음마저 축축이 젖어버린 사내들 술자리도 길어졌다.
대폿잔을 기울이다 까닭 없이 역정을 냈다.
멱살을 잡고 흙탕물 벙벙한 대폿집 안마당에
나뒹굴기도 했다.

골짜기마다 바짝 웅크린 구름 떼는
좀체 물러날 기미가 보이지 않았다.
햇볕을 기다리다 지친 사람들 가슴엔
거뭇거뭇 검버섯이 피어올랐다.

# 눈을 감으면

보이지 않던 것들
눈 감으니 보이네.
저 산 너머 못 보는 것도
눈 감으니 보이네.

보려고 있는 눈인데
보고 싶어 있는 눈인데
보려고 눈을 뜰수록
보이지 않네.

끝내 보이지 않는 모든 것들
눈을 감아야 보이네.

이별했던 사람들
내 곁을 떠나
멀리 가버린 줄 알았던 사람들
눈 감으니
눈 감으니
내 안에 오롯이 살아 있네.

# 알람

알람을 믿고
잠을 청한다.

나의 잠을 깨워줄 이는 알람뿐이다.

알람은
찌르레기 우는 적막함을 밤새 달래가며
나의 숙면을 점검한다.
세상 모든 것이 잠든 시간에도
알람은 잠들지 않는다.

나의 아침은
알람이 정한다.

아침밥을 챙겨 먹는 느긋함이나
신발을 구겨 신고 뛰어야 하는 다급함도
알람의 성화 여부에 달려 있다.

내 오늘의 마지막 숙면과
내일의 첫새벽을 조율하는 알람은
한 해 건전지 하나를 받는 박봉에도
태업한 적이 단 한 차례 없다.

소명을 다하고자 늘 깨어 있는 알람
꺼지지 않는 헌신 앞에서
나는 가끔 부끄럽다.

# 들꽃


이름 모를 들판에
이름 모를 들꽃이 핀다.

사나운 바람이 아이를 키우듯
들꽃을 키운다.
바람의 정수리에 맞은 들꽃이
가끔 흔들린다.
흔들린 만큼 줄기도 커간다.
별빛 가루 가득한 밤이슬로
마른 잎을 적신다.

들판은 들꽃의 고향이다.
한 곳에 뿌리를 내리고
잠시도 자리를 비운 적 없어
들꽃의 본적지는 현주소와 늘 같다.

들판은 들꽃의 스승이다.
함성을 내지르며 달려드는 소나기
담채화처럼 흩날리는 눈보라도
홀연히 맞서며 견디는

외롭고 쓸쓸한 들판의 긴 밤을
들꽃이 지켜보며 배운다.

따가운 햇살을 견디며
들꽃이 영근다.

활짝 핀 들꽃은 아이들을 닮았다.
들꽃처럼 아이들이 커간다.

# 수박

살 때부터 망설여지는 덩치다.

장을 돌아 나오는 골목 어귀
꼭 한 번 두드려보고 싶은 수박을 만난다.

세상의 모든 과일이 낱개로 불릴 때 수박은 통으로 불린다.

참외나 복숭아는
슬쩍슬쩍 한 알씩 꺼내 먹을 수 있지만
식구들이 모두 둘러앉아야만
비로소 쪼갤 수밖에 없는 수박은
가난한 사람들의 한 끼를 갈음할 수 있다.

가물었던 지난날들
알알이 물기를 모아
달디 단 수박으로 크기까지
가슴은 얼마나 붉게 물들었을까.

뙤약볕 아래
단단한 껍질로 속살을 감싸며
수박이 여물어 가듯
우리 삶의 각질도
한결 두터워졌으면 한다.

# 퇴근길

한 잔의 취기에 세상을 다 보는 듯
우쭐한 저녁이면
삼겹살 쌈에 소주를 털어 넣어야
분이 풀리는 퇴근길.

씹을수록 질기게 버티는 곱창처럼
만만치 않던 하루
시시콜콜 길어지는 술자리에
튀어나오는 쌍소리들.

숯불이 달아오를수록 열받는 세상
선풍기 바람에 펄럭이는 달력 너머로
살아갈 날들은 까마득한데
자꾸만
자꾸만
흔들리는 퇴근길.

# 우체통 아래 그 아이

장에 가신 어머니를 기다리며
빨간 우체통 아래 날마다 쪼그려 앉아 있던
그 아이.

느려터진 우체부 자전거도 오질 않는 아침
괜스레 투정 부리다 밥숟가락을 내려놓고
정거장으로 내빼던

한낮의 뙤약볕에 따가운 해를 향해
무단히 종주먹질을 해대거나
자울자울 졸던 달에게 풋감을 먹이던
그 아이.

물소리 풍금 소리
나즈막히 울리던 하굣길
시냇가에 바짝 엎드려 털게를 잡던

채마밭에서 주운 사금파리 모아
오막살이 돌담 아래 소꿉놀이하며
조심스레 흙밥을 지어내던
그 아이.

어디 갔을까.
어디 갔을까.

# 숲속에서

함께 살고파 나무들이 숲을 이룬다.
산 그림자에 놀란 텃새가 둥지를 트는 대밭이나
메마른 가지마다 가시를 세운 아카시아도
속을 비운 채 말라가는 갈대도
가까이 살고파 숲을 이룬다.

숲속에 함께 살아도 나무는 외롭다.
외로움을 떨치러 가지를 내밀고
뿌리를 뻗기도 하지만
살아서는 다가설 수 없어
나무는 외로워도 말하지 않는다.

외로움을 달래려 나무들이 춤춘다.
소식을 가져온 소슬바람과
바닷가에서 불어온 소금기 절은 해풍에
머리칼 풀어헤치고
나무들이 군무를 한다.

숲속에 살아가는 새들은
나무들의 전령이다.
옮겨 앉은 가지마다
숲이 간직한 비밀을 털어놓으며
새들이 지저귄다.

# 폐가를 지나며

터 잡아 살고 싶었던 꿈이
무너져 가는 폐가를 지나면
한때 김이 차오르도록 들뜬 가슴들
안개처럼 흩어져 가는 게 보였다.

세월을 버텨내리라
다짐하듯 흙다짐을 하고
야무지게 살고 싶은 바람만큼
단단한 돌들 추려 주춧돌을 놓고

산지기 눈을 피해 가슴 졸이며
베어온 소나무로 기둥을 세우고
살림살이보다 야윈 서까래로 버티던
우리 젊은 날은 폐가처럼 스러졌다.

새마을 바람이 불었다.
뒤질세라 지푸라기 이엉을 벗겨내고
큰돈 들여 새로 올렸을 양철지붕도
세월을 버텨내지 못하고 녹슬었다.

날짜가 지나도록 중학교 등록금을 못 낸
친구들이 쓴 모자 마크에 눈부셨던 큰형은
강물이 흘러가듯 도시로 떠밀려
두 번 다시 고향으로 돌아오지 않았다.

장남을 도시에 빼앗긴 아버지는 그날 밤
분통을 터트리듯 장독을 깨트렸다.
어머니의 애간장만큼 끈끈한 간장이
울 안에 쏟아져 고샅으로 흘렀다.
새팍에서 놀던 자잘한 아이들은
소금기에 절어갔다.

# 시계를 사다

시계를 산다.
차마 시간을 살 수는 없어
시계를 산다.

시계만큼은
눈꺼풀 한 번 깜박할 사이
찰나를 알고 있을 것이고
헤아릴 수 없는 뭇별의 발자국들
총총히 기억하리라 믿는다.

시간을 보려 시계를 보지만
시계 안에는 시간이 없다.
시간을 어루만져 보고 싶어
시계를 더듬어 보지만
시간의 보풀이나 뒤꿈치는 잡히지 않는다.

손목 위에서 하루 두 바퀴를 돌던 시계는
모두가 잠든 시간에도 잠들지 못한다.
사놓았던 시계 중 몇몇은
다람쥐 쳇바퀴처럼 도는 삶에 지쳐
헛기침 기미도 없이 폐업을 하고
자기만 아는 어느 시점에 멈추어 버렸다.

폐가를 지나며 보았던
추는 멎고 태엽은 풀어져
때가 왔음을 알리던 울음마저 그친 채
세월을 옭아매듯 거미줄 슬어
떠난 이들의 그 시절을 되새김하는
기울어진 자명종 벽시계

분침이나 시침도 없이
좁은 목구멍으로 시간을 조율하고
세월의 분량만큼 모래알을 쏟아내다
이따금 속이 뒤집혀도
사우나 한증막을 버티던 모래시계

시곗바늘을 거꾸로 돌려
시간을 되돌릴 수 있는 시계나
잘못 살아온 지난날을 지우고
앞으로 살아갈 날만 가리키는
시계가 멎을 때
시간도 함께 멈추길 바라며
나는 허구한 날 시계를 산다.

# 세상은

외박하는 남편도
집 나간 아내도
다단계에 빠진 학생도
저울을 속이는 장사꾼도
복권을 사는 월급쟁이도
거짓부렁이 선생도
논문을 베낀 학자도
썩은 내 나는 정치인도
기도하는 죄수도
회개하는 성직자도
눈물을 흘리는 하느님도

누군가를 죽여야만 하는
군인이 시를 쓰고
앙상한 시인이 헬스를 하듯
살아가는 것이다.

# 나루터

나루터에서
밤새 기다리시던 어머니
보이질 않네.

이승을 건너신 걸까
강 건너
아무리 불러도
대답이 없네.

집적대는 물결에 아랑곳없이
나룻배는 자울고
팽나무 아래 뱃사공도 졸고

달빛 머금은 은빛 모래
강바람에 이리저리 쓸려 다니네.

# 격군의 노래

### -울돌목에서

이 물살 저어 돌아가리.
울돌목 아가리로 몰려오는 왜선도
함선에 부딪히는 격랑도 버티어
고향 당산나무 그늘 아래
한시름 내려놓고
대자로 뻗어 잠을 청하리.

나는 노잡이 격군이다.
뱃놈 잡놈 농투성이
봉놋방 구들에 시린 몸을 지지던 봇짐장수
이 양반 저 양반 대신 끌려온 종놈
바닥을 기던 천한 놈들 모여
다시 배 밑바닥에서 노를 젓는다.

비바람에 들꽃 쓰러지고
상엿소리마저 끊어진 세상
판옥선 갑판 틈새로 엿보던
기우는 조각달처럼
살 수 있다는 희망마저 이울고
이물에서 고물까지 넘실대는 두려움

이 물살 저어 돌아가리라.
거품을 물고 울어대는 울돌목
살점 말라붙은 노를 잡고
핏줄이 터지고 뼛가루는 흩날려
이승의 마지막 숨마저 실어

노를 저어 노를 저어
사람 살만한 세상으로
노를 저어 가고 싶었다.

# 고슴도치 사랑

사랑할수록
아픈 가시 함께 자라는
껴안을수록 아픈 가시
더 깊이 박히는
고슴도치 사랑.

사랑이란 그런 것이다.

# 희망에 대하여

## – 죽마고우를 떠나보내며

더 내려갈 수 없는
밑바닥이라고 주저앉지 마라.

한 발자국만 내디디면
희망으로 가는 첫걸음이다.

얼어버린 땅 밑에서
씨앗들은 꿈꾸고
바위틈에서 새싹은 움튼다.

바람에 꺾이고 함부로 짓밟힌 풀도
언젠가 일어선다.

살얼음판 아래서도
강물은 흐른다.

절망의 벼랑에서
새들은 깃을 갈고 둥지를 튼다.

# 섬을 지나며

바다에 홀로 있다고 다 섬이 아니다.

바다가 삿갓을 쓰고 드러누워
게으름을 피우는 세월들이
얼마나 쌓여야 섬이 되는지를

파도가 지우개를 들고
섬을 지우려 달려들다
물거품이 되어 수도 없이 부서지고
수평선 너머로 해가 뜨고
그 너머로 해가 지는 날들이
모래밭 조개껍데기처럼 무수히 쌓여야
비로소 섬이 된다는 것을

철부선 객실에 드러누워
섬으로 가는 시간이 왜 필요한지
생각해봐라.

비금 도초
하의 장산 신의
자은 암태 팔금 안좌 자라

한때 뭍이었던 그들이
끝내 다가설 수 없는 섬처럼
고독을 씹으며 바다를 떠돌다
섬이 되었다는 것을

뭍으로 가고 싶었던 꿈
목포 앞바다 갯벌에 퍼질러 앉아
섬처럼 떠도는 섬이 되어
밤마다 울어대는 소리를 들어봐라.

# 아버지의 꿈

강물이 되어 흘러가고 싶었다.

따개비처럼 달라붙은 산비탈 집을 짓고
소나무가 굽듯 등골이 휘도록
쎄(舌) 빠지게 지겟짐을 져 날랐지만
마지막 유산이던 가난만 늘어갔다.

깻잎을 무친 듯 포개진
다랭이골 아래 다락논배미
켜켜이 쌓인 안개는
언제쯤 걷힐 것인가.

힘줄이 불거진 닳고 닳은 삽자루로
하늘이 짓는다는 천수답
저물녘 물꼬를 트며
우리 삶에도 시원한 빗줄기 한 번
쏟아지리라 싶었다.

물 건너 신선봉
등 뒤에 똬리봉 사이를
요리조리 무던히도 흘러가는
섬진강을 바라보며

나도 강물이 되어
그렇게 흘러가고 싶었다.

# 떼배를 띄우며

아버지는 떼배를 탔다.

산판으로
떼돈을 벌러 떠났던 아버지는
산 굼턱이 기계충처럼 파먹혀 들어갈 무렵
한겨울 났던 산막을 헐고 떼배에 올랐다.

위태로운 가계보다 위태로운
떼배에 희망을 걸고
대 막가지 하나로 휘청이며
새 세상으로 나아가듯
섬진강 굽이를 흘러갔다.

강줄기를 흘러가는
아버지의 고단한 등 뒤로
날이 지고
노을은 붉게 물들어 갔다.

세상살이 헤쳐나가듯
이 물살 저어
하동포구에 다다르면
나도 한몫 잡으리라

아버지의 꿈은 늘
휘감아 도는 산굽이에서 꺾이거나
급한 여울을 만나 가라앉곤 했다.

떼돈을 벌어
당당하게 돌아오고 싶었던 아버지는
잔돈푼마저 주막에 털어버리고
떠날 때처럼 빈손으로
밤이슬을 맞고 돌아왔다.

# 옛집에 누워

빗소리보다
좋은 시가 있을까.

옛집에 누워
빗소리 듣는다.

늘 목마르던 세상
떠나간 사람이 남겨두었을
슬픈 노래처럼
부슬비가 내린다.

이따금
죽비를 때리듯
지붕엔 감이 떨어졌다.

객지로 떠돌았던 시절
옛집 처마에서 울려 퍼지던
집시랑물 소리
미치도록 시가 그리웠다.

옛집에 누워
빗소리 듣는다.

빗소리보다
좋은 시는 없다.

# '김종삼 시인의
## 시인학교'를 청강하며

까마귀 떼 우는
레바논 골짜기

김종삼 시인의 시인학교를
청강했다.

에즈라 파운드 결강에
쌍놈의 새끼라고 소리지르던
학생은 제적당했다.

포성이 가까워지면서
브란덴부르크 협주곡은 멎고
사람들도 모두 떠났다.

지중해가 내려다보이는
레바논 골짜기 시인학교

올리브나무 그늘에서
파이프 담배를 물고
혼자 소주를 훌쩍거리던
김종삼 시인은

교장이라는 명찰을 뜯어 던져버리고
행방불명, 종적이 묘연했다.

# 동백

계절이 두려워서
동백이 지는 것이 아니다.

아프고 늙어서
동백이 떨어지는 것이 아니다.

시든 꽃들로 씨앗을 숨겨
다음 생애를 준비하는 동백은
나락의 땅 위에 씨를 뿌린다.

동백이 피고 지는 것이 아니다.
동백은 피고 다시 피어나는 것이다.

# 목어

목어는 눈을 감지 않는다.
뜬눈으로 불면의 세상을 잠재운다.

시간이 목어를 두드린다.
목어의 시간 속으로 사람들이 걸어 들어간다.

하늘로 오르지 못한 물고기
하늘가에 닿았던 나무에서 발라내
세월의 물기를 털어 말리면 목어로 풍장 된다.
바람의 물살이 허공에 매달린 목어의 유영을 돕고 있다.

축축이 젖은 시간들이 목어를 키운다.
내장을 비운 공명에 알들은 깨어나고
눈을 뜬 치어들은 소리의 여운을 따라 세상으로
나아간다.

말라붙은 비늘과 뼈로 남아
물기를 털어내듯 우는 목어
치어들은 어미 울음소리의 음표를 하나씩 물고 있다.

# 꽃상여

꽃상여 가네
할머니 가네

열여섯 새색시 시집와
다락논 매고
골골 산골 밤 자루 이고
하루살이 한세월 넘어

꽁보리밥 수제비
식구들 땟거리 챙기고
부뚜막에 서서 물배 채우던

생때같은 자식새끼
전쟁통에 앞서 보내고
곰방대로 버티다
치매에 아기가 되어

산등성이처럼 굽은 허리
다듬잇돌로 펴서
삼베 수의 가지런히 입고
연지 곤지 찍어
새색시 화장을 하고

살아서 받지 못한 꽃다발
떨군 눈물만큼 상여에 달고

울안을 돌아
고샅길 따라
마을 들길로

요령잡이 종소리
구슬픈 상엿소리
줄줄이 곡소리

살아온 사연만큼
만장을 나부끼며

할머니 가네.
꽃상여 가네.

# 은어 낚시

은어는 은어로 말한다.

은어는 미끼를 물지 않는다.
물풀을 뜯으며 세상의 유혹을 버틴다.

은어 낚시를 하려면 절반쯤 강물에 잠겨야 한다.
수심에도 잠기고 세월에도 잠긴다.
잠기는 것이 은어에게 가는 가장 빠른 길이다.

은어 낚시 미끼는 은어다.
자주 활용되는 비유처럼
꿈틀거리며 살아 있는 놈만 골라 쓴다.
미끼 은어에 코뚜레를 꿰어 낚싯줄에 건다.
은어 꼬리에 의문부호처럼
세 갈래 갈고리낚시 바늘을 단다.

세찬 여울에 미끼 은어를 푼다.
긴장을 풀고 말의 성찬을 즐기던 은어들이
걸려들기를 기다린다.

은어의 몸부림이 낚싯줄을 타고 거슬러 올라와
손안에서 퍼덕일 때 놓치지 않고 낚아챈다.
낚싯대가 유턴 표시처럼 휘지만
한 번 걸려든 은어는 되돌아갈 수 없다.

마침내 은어가 걸려들었다.
말들의 잔치 속에 갈고리를 단 은어를 풀어놓자
사람들 입속에서 물살을 거스르며 오르내리던 은어가
미끼 은어의 유혹을 벗어던지지 못하고 덜컥 걸려드는 것이다.
손맛이 그만이다.

# 감나무, 경계에서

감나무는 붓 자국처럼 긴 그림자를 마당에 드리웠다.
가지에는 납빛이 된 낮달이 걸려 있었다.
얽힌 머릿속처럼 파마한 여자가
담장을 넘어간 자기네 쪽 가지를 모두 잘라버렸다.
감잎이 어지럽게 나뒹군다고
우리 감나무가 바람이라도 피웠나요?
뿌리를 뻗어 발목이라도 더듬은 걸까? 나는 순간 흔들린다.
그녀의 표정은 감잎에 파묻혀 무덤으로 들어가는 듯 보였다.
나이테 속에 무언가 웅크리고 있었고
발톱이 얼마나 날카로운지 알 수 없었다.

남은 나무둥치는 미완의 조각 부재처럼 낯설다.
하늘가에 풍경으로 떨리던 잎사귀들은 공간에 푸르렀다.
감나무가 잘리며 감나무의 하늘도 반쪽으로 잘렸을 것이다.
살아남은 감나무는 담 너머 하늘을 보아서는 안 될 것이다.
굵은 나이테가 동심원을 그리며 징소리처럼 울었다.
나이테에는 진액이 굳어가며 별자리가 찍혀 있었다.
나무의 반쪽 영혼은 별이 되었을지도 모를 일이다.

마당엔 그늘이 있어야 한다는 이유로 감나무는
살아남았다.
남에게 그늘을 내주는 삶이란 얼마나 위대할 것인가.
나는 이따금 감나무를 바라보았다.
감을 따지 않았던 언제부턴가
감꽃이나 까치밥마저도
고향 집을 떠올리는 배경이었을 뿐
나는 나의 울안에 감나무 그늘만 키웠던 것이다.

감나무의 반평생이 잘려나갔지만
경계를 넘어갈 수는 없다고 핑계 삼았다.
월경은 내가 치러야 할 가장 긴 전쟁일지도 모른다.
반쪽으로 남은 감나무는 남겨진 반쪽으로 살아가고
잘려진 반쪽 감나무는 허공의 기억 속에 잎사귀를
키우는 것이다.
우리 사이의 평화는 그런 것이었다.

# 그림자 해부학

## - 또 다른 자유에 대하여


세로축인 사내는 중력 속으로 빨려 들어가 소멸할
듯 늘 위태롭다. 사내는 바닥을 딛고 늘 꼿꼿이 서고
자 하였으나 가끔 돌부리에 걸려 휘청였고 바람이 불
었고 곁가지의 상처를 따라 슬픔이 번져왔으므로 작
은 어깨를 들썩이다 이파리를 떨며 흔들렸다.

가로축이었던 나는 사내가 써 내려간 지상의 낙서
를 받아 적는다. 나는 햇빛이나 달빛같이 빛을 쬔 사
내의 투시이고 사내의 이면이자 그늘이다.

사내와 난 걸음마다 직교하는 교차점에서 다시 시
작하곤 했다.



1.
빛으로부터 태어난 나는 그림자로
어느 거리에서나 그 빛의 반대편에 서 있었다.
행인들은 거리에서 나를 추방하려 하지만
나를 지울 수 있는 것은 빛일 뿐
한 무리의 패거리로 위협해도
똑같은 숫자로 불어나
나는 저항한다.

2.
내 출생의 기원은
태양계가 모습을 갖춘 태초로 거슬러 올라간다.
나 자신도 분명한 나의 나이를 알지 못한다.
오랜 세월 동안 다만 기억나는 것은
한 차례의 세포분열도 일어나지 않았다는 점이다.


3.
나의 습성은 굴지성,
바닥을 지향한다.
어둠은 나의 보호색으로
그 속에서 한 번도 나의 정체를 드러낸 적이 없다.


4.
침묵은
내가 태어나서 말을 잃을 때까지 지켜야 할 계율이다.
나의 언어는
가끔 수화(手話)로 해석되기도 하나
그것은 나만의 음화(陰畵)로 누구도 판독할 수 없다.

5.
나는 세상 어느 곳에서도 살아남았다.
유리 조각이 함부로 뒹구는 뒷골목
쓸쓸하고 외로운 길
아찔한 첨탑
가늘고 긴 동굴
아가리에 모래바람이 들이치는 사막에서도
흡착판을 밀착시킨 채 연체동물처럼 살아남았다.


6.
나는 꼭대기에 올라 머문 적이 없다.
바닥을 훑고 지나온 내 삶은 온통 너덜거렸다.
고샅을 나와 사막에 다다르기까지
습자지처럼 바닥에 엎드려 흐느꼈을 뿐
한겨울 빙판 밑에서도 흰 이빨을 감추며 버텨냈다.


7.
햇살의 족쇄를 차고 끌려다니며
나를 밟고 있는 한 사내를 끝까지 추적한다.
집요한 나의 미행은 그를 놓친 적이 없으며
나의 보행은 은밀해
발자국이나 기침 소리를 흘린 적이 없다.

8.
때로 너희가 나를 찾아 없애기 위해
강렬한 불빛을 비춘다 해도
불빛보다 짙은 그림자로
너희들 앞에 나를 드러낼 것이며,
나의 정체를 알아채고 올가미를 던져와도
걸려들지 않는 바람처럼
나는 끝내 자유로울 것이다.


9.
빛이 있는 한 거리를 활보할 것이며
행여 빛이 사위로부터 사라진다 해도
잠시 휴면하며 안식을 취할 뿐
아무리 견고한 어둠 상자 속에서도
침묵으로 버티다
침묵으로 버티다
빛과 함께 부활할 것이다.

# 플래카드

때가 되면 차오르는 밀물처럼
길목에 말들의 성찬이 차려지고 있다.
행인들에게 뜬금없이 하트 모양의 갈고리를 던지자
패싸움이 벌어졌고 결별을 선언했다.

플래카드가 내걸린 햇살의 광장에는
아무도 모르게 다가와 입맞춤하는 신기루들이 산다.
신기루는 바이러스처럼 버스를 타고
손잡이를 옮겨 다니며 말을 건다.
삽시간에 모두 열병에 걸려버린다.
누구나 올여름엔 이국의 아름다운 해변으로
가는 꿈을 꾼다.
플래카드가 끊어준 비행기표를
속주머니에 감추고 만지작거리며

'당신을 껴안고 싶어요'

가벼운 연애처럼 쉽게 내걸렸다
연민의 색깔이 바래지듯
짧은 사랑을 마감하는 시한부 생애
유통기한이 지난 말들이
머지않아 폐위될 권좌에서 우리를 내려다보고 있다.
바람에 부풀린 포만감이 함부로 뜯기거나 잘려나가고
비를 맞아 번져버린 밀어가
얼룩진 화장을 말리며 울고 있다.

열병을 앓던 사람들은 부도수표를 받고
썰물이 지나간 뒤 버려진 신발들처럼 내팽개쳐졌다.
앓는 세상은 다시 치유될 것이고
그 전위엔 늘 플래카드가 나부낀다.

# 로드 킬

역류하며 빠져나가던 바람의 언어가
외마디 단절음으로 급하게 기울 때가 있다.

도로 위에 씨앗을 발견하고 날아왔을 새
급브레이크를 밟았지만 늦었다.
요철에 잠시 흔들렸지만
브레이크 밟았다는 것으로
나는 모든 실형 위기에서 벗어난다.

자동차 전용도로 표지판과
비명처럼 찍힌 타이어 자국이 알리바이를 증명하고 있다.
새의 길은 하늘에 있다며
쏟아질 눈초리로부터 자유롭게 풀려나 위로받는다.
습관처럼 성호를 긋고 잠시 눈 감는다.

길바닥에 압화처럼 찍힌 짝을 떠나지 못한 새 한 마리
이리저리
폴짝폴짝
흩날리는 깃털에 부리를 비비고 있다.

# 산다는 것이

산다는 것이 쉽지 않다.
산수 문제를 풀지 못해
칠판 아래 두 손을 들고 섰던 날부터
돌아오지 않는 사람을 기다리며
밤잠을 설치던 날은 쌓이고
삶은 늘 새벽녘에 단잠을 깨우고
가까이에서 어깨를 짓눌러 왔으므로
허겁지겁 내 그림자에 쫓기며 걸었지만
주머니에서는 철 지난 흔적들 우수수 빠져나가고
내 것일 수 없던 비린 욕망들
숙성을 잃어버린 세월만 쌓였다.

바람도 숨이 차는 해거름녘
버려진 들판에 나 홀로 서 있는데
가끔은 산 그림자 내려와 나를 쓸어안고
마당에 함께 늙어가는 나무가 말을 건넨다.
아직은 살만하다고
살아보라고.

# 금천리(錦川里) 1

마지막으로 보았던 혼불은
마을을 한 바퀴 돌아 저물녘 산자락으로 사라졌다.
혼불이 옥녀봉으로 사라졌다고 했다.
접시처럼 작고 동그란 모양이 영락없이 여자라 했다.
삼 일 뒤, 비단을 짜며 뒷담에 살았던 벙어리가 죽었다.

홀로 살던 벙어리는 젊은 날 딸을 낳았다.
야심한 밤이면 이따금 산사람이 내려오던 시절이었다.
아비가 누군지 아무도 묻지 않았다.

돌도 지나지 않아 강생이라 불렸던 아기가
논두렁에서 뱀에 물려 죽었을 때도
아낙은 지섬으로 웃자란 논의 피를 뽑고 있었지만
말문이 막히듯 귀마저 먹어
자지러지던 아기 울음소리를 끝내 듣지 못했다.
날줄 한 갈래 끊어진 듯 아낙이 서럽게 울었다.

한겨울 아낙네 헛간에서 어미 염소가 죽었다.
건초가 떨어지자 밥을 먹인 게 화근이었다.
밤새 울던 어미는 눈을 감지 못했다.

어린 새끼들이 퉁퉁 불은 어미젖을 빨고 있었다.
씨줄 한 갈래 끊어진 듯 아낙은 또 그렇게 서럽게 울었다.

곱사등 굽도록 비단을 짜던 아낙은 꽃상여를 타고 떠나갔다.
아낙이 키우던 가축들도 진액으로 흐물거리며 문상객을 맞았다.
그녀가 짜둔 비단이었던지 상엿소리마다 만장이 펄럭였다.

아낙이 놓아둔 베틀은 산줄기에 걸쳐졌다.
베틀 기댄 옥녀봉에는 벙어리 옥녀가 살 거라 했다.
맴도는 구름에서 고치실 자아 진눈깨비 뿌린다.
번데기로 굳어가며 잣은 눈 시린 토사(吐絲)처럼
곱사등 옥녀가 짠 비단은 마를 날 없이 흐른다.

은어 쉬리가 물비늘 반짝이는 비단결에
옛이야기 무늬를 새기고 있다.

# 금천리(錦川里) 2

쓸쓸한 날에는 바람이 매서웠다.
소(沼)에서 얼음을 지치던 아이들은 돌아와
양지쪽 토방 마루에 앉아 꾸벅꾸벅 졸았다.
빙판 아래 채 얼지 않은 시냇물은 여전히 흘러갔다.
해가 기울 때까지 낡은 기왓장처럼 게으른
마을이 할 일은 하루 내내 기다리는 것이었다.
이따금 집배원이 들고 온 우편물에는
전기세나 수도요금 따위의 맹랑한 숫자만 적혀 있을 뿐
보고 싶다거나 그립다는 편지 한 장 오질 않았다.
정거장에 우두커니 서서 막차를 기다려도
한 번 떠나간 이들은 돌아오지 않았다.
겨울을 나려 사람들은 도가지가 미어터지도록 김장을 하고
시든 잎을 추려 시래기를 삶아댔지만
이마에 송글송글 땀이 맺히도록 뜨거운 국물을 마시거나
총각김치를 통째로 먹어줄 사람들은 찾아볼 수 없었다.
반주 몇 잔에도 곧잘 취해버리는 늙은이들은
알아들을 수 없는 헛소리를 해대거나
갈피 없이 걸으며 구시렁댔다.
사랑니를 앓듯 산짐승 울음소리가
밤새 어둠을 뒤척이며 마을을 흔들었다.

# 신안선

바다가 그녀의 무덤이었다.
마지막 파도를 끝내 넘을 수 없었던 뱃사람들은
영혼을 바다에 묻고 바람과 함께 떠돌았다.
잠긴 것이 어디 세월뿐이랴.
이물에서 고물까지 파랑에 떨어져 나간 늑골 자리엔
켜켜이 쌓인 개펄이 들어앉았다.

개펄에 몸을 묻고 세월을 삭였다.
설익은 꿈은 이따금 조류에 떠밀려갔다.
세월이 소금기에 삭아 허물어지고
습골에 이르기까지 칠백 년
파도를 끌어다 덮으며 버티었다.

가눌 수 없는 해풍을 돛에 말아
함께 가라앉은 도자기 몇 점
어부의 그물에 걸렸다.
전하지 못한 소식처럼 덕지덕지 따개비가 붙고
조류에 할퀴며 헹구어낸 이야기
수백 년 동안 불었던 바람을 피해
다시 수면 위로 떠오르기까지
파도가 무늬를 새겨두었다.

# 벌초 가는 길

가을 서리가 초벌을 하고 지나간 묘지에는
긴 풀들이 드러누워 발자국 소리를 기다린다.

잊힐 듯 잊히지 않는 주검 옆에는
알을 품은 직박구리 둥지가 있다.
알 속에는 눈을 감고 날개를 접은 새끼가
어미 체온을 끌어다 덮으며 부란을 기다린다.
숨 막히는 늦더위를 걷어내려 씨르래기가
갈빗대를 뽑아 올린 날개를 부비며
고음의 음역에서 발버둥이다.

누군가 증표로 심었을 소나무가
발화점 높은 눈물들 달여내는 것처럼
송진을 몸 밖으로 꾸역꾸역 밀어내며 서 있다.
소나무는 주검으로 가는 길 위에
탈골된 뼈처럼 뿌리를 드러낸 채
가까스로 산비탈을 움켜잡고 있다.

깜깜한 땅밑에서 차마 다하지 못한 말 풀어내듯
무덤은 봄부터 풀을 키워 올린다.
풀의 언어는 햇볕에 색이 바랜 듯 희미한 것이어서
늘 잎 속에서 서걱거린다.
풀의 말을 얼추 알아듣는 바람은
산마루를 넘거나 계곡으로 몰려다니며
갈기를 휘둘러 나무들을 흔든다.

잘린 풀은 망자가 보내는 편지처럼
이발소 한 녘에 쌓여가던 머리카락으로
추억의 가장자리에 흩뿌려졌다.
축축이 젖은 풀을 바람이 말린다.
옛이야기들은 풍화되어 바스락거린다.
벌초를 마친 묘지는 기계충이 파먹은 듯
기억의 산 능선에 방점을 찍는다.

# 배롱나무 화촉

초례청엔 배롱나무꽃들이 화촉을 밝혔다.
나무 그늘에 기대어
우리는 합환주를 마셨다.

목(木) 백일홍 꽃말 풀어내듯
기다림에 지친 나를 찾아온 그대
간지럼을 탄다는 배롱나무처럼 부끄럽게 흔들렸다.

피었다 지고 다시 피는 꽃들이
가지마다 등불 다는 날
길어진 예식에 먼저 취한 친구들은 추임새를 넣었다.

배롱나무 굳은 껍질 벗겨지면
그 안에 부드러운 새살 돋듯
부처꽃과 수종처럼 마음 닦으며 살라고
아기 손 모아 쥔 꽃잎이 손을 흔든다.

신랑은 모시 적삼에 사모관대하고
신부는 족두리에 연지곤지 찍고
속적삼에 저고리 다홍치마 입었다.

팔월의 폭양 아래 껴입은 혼례복 속으로
햇살이 온몸을 돌아다니며 구슬을 굴린다.
꽃들이 밝힌 화촉은 불타오르는데
배롱나무 줄기 꼬듯
우리는 간지럼을 타고 있다.

# 어머니와 소금 독

간장을 품고 이따금 끓어오르던 장독가지는
챙이 넓은 해받이 뚜껑을 쓴 채 장독대 양달을 차지하였다.
어머니는 첫아기 가졌을 때 차오르던 아랫배처럼
볼록한 배 자랑스레 내미는 그를 쓰다듬어 주었고
뻔질나게 닦아대는 손길에 늘 번들거렸다.

단맛 짠맛 갖은 맛을 우려내다 금이 가자
소금 독으로만 쓰이며 광 속 깊이 갇히었다.
막장까지 내몰린 설움을 적막으로 덮고
실금 사이로 쓸개즙 같은 쓰디쓴 간수를 빼내며
온전한 짠맛을 지키려 거미줄로 금줄을 치면서도
비금도 천일염이 묻혀온 갯내음에
출렁이는 바다를 보았고
파도소리 들으며 위안 삼았다.

어머니가 떠나자 모두 떠나갔다.
빈집에 우두커니 남겨진 소금 독은
쌓이는 잿빛 먼지에 상복으로 갈아입었다.
허물어진 돌담을 쓸어안고 담쟁이 넝쿨 퍼져가듯
이마엔 검버섯 소금꽃이 번져간다.

우묵우묵 얽은 얼굴로 실금 같은 눈물 찔끔거리며
댕댕한 몸뚱이 꼼짝 않고 빈집을 지키겠다고
물기 빠진 독 안에 짠 결정이 굳어간다.

어머니는 소금으로 한숨을 절이고
야속한 세월도 절이셨다.
늘어만 가는 식구들의 구김살도 절이셨다.
삼거리 주막 쫓아가 아버지의 노름질도 절이고
가끔은 혼잣말로 썩어빠질 세상도 절이셨다.

눅눅한 습기에 하반신이 젖어 드는 유폐의 시간,
봄날 햇볕 한 줌이 그리운 소금 독에는
어머니가 미처 절이지 못하고 간 시절의 소금이
익어 가고 있다.

# 연날리기

너를 만나고 돌아오던 날
내 마음에 번져오던 햇살처럼
태양이 눌러버린 셔터에
산란하는 노을이 눈부셨다.
나를 훑고 지나가 너를 만나는 직선의 정렬
갈망하던 바람은 나의 가슴 속에서 불었고
그 바람을 맞으며 너는 날아올랐다.
활처럼 휘어지는 곡선을 따라 하늘에 인연 하나 새긴다.

너를 띄운 것은 내가 아니다.
바람의 부력으로 너는 떠 있고
우리 사이 장력으로 내가 서 있다.
허공에 무수히 잔발 저으며
오히려 나를 바로 세우는 너의 힘
끈끈한 아교질의 바람이 없다면
너와 나는 마주할 수 없었다.

사랑한다는 것이
팽팽하거나 느슨한 마음을 헤아리듯
바람의 곤두선 신경을 더듬으며

얼레를 감았다 푸는 일이라는 것을
바람을 찾아 들판을 헤매다
갈피를 잡지 못하고 돌아오던 날 생각했다.

높이 날고자 할 때마다 몸부림치는 그대
우리 사이 거리가 멀어질수록
납덩이처럼 묵직해지는 바람의 무게를 견디다
연줄이 터져버리듯 장력이 사라질 때
각각 한 점으로 희미해지다
아득히 잊히어 가리라는 것도

시린 하늘에 연을 띄운다.
바람을 담아내려 한지는 몸을 한껏 부풀고
바람의 덤을 걸러내려 살대는 휜다.
창백한 호수에 한 점이 번진다.

# 막차를 기다리며

기다림이 졸고 있는 틈새로 그리움이 스며들었다.
내려놓지 못한 누군가를 기다리는 사람들
벼랑 위 솟대처럼 목을 길게 **빼고**
바람이 허물을 벗는 시간, 막차를 기다린다.
모두가 놓아두고 떠난 금천리 차부에서

부를 때마다 달아나던 유년의 메아리
실핏줄처럼 스며들어 살아가는 산간
길은 끊어져 막다른 종점에서
주전부리처럼 이어지는 이야기 위로 눈이 쌓인다.

떠나간 사람들이 남겨두었을 물안개
강기슭을 따라 서성거린다.
할미의 잔주름같이 패인 신작로 따라
덧난 물집을 달래듯 깊은 밤을 뒤적이며
막차가 오고 있다.
저 멀리 희뿌연 등불을 달고
어깨에 달라붙은 눈덩이처럼 고단한 짐 쓸어안고
쓸쓸한 시간을 더듬으며 종점으로 들어오는 막차
기다리는 사람들보다 더 흔들린다.

어둠을 향해 던지는 투망처럼
말상개* 모퉁이를 돌아오는 전조등 불빛
마을 한 바퀴 휘저으며 적막을 들추고
기다림에 지친 사람들에게 별빛을 뿌린다.
어둠이 물러난 자리 그리움이 물든다.

* 말상개 : 전남 광양시 다압면 금천리 입구에 있는 산줄기 끝자락으로
　　　　 섬진강 물을 마시는 말의 형상을 닮았다 해서 붙여진 지명.

# 집어등

해풍에 지난날을 삭히면 저런 불빛일까?
그렁그렁 눈물방울들

닻을 내리지 못한 안개, 해안선을 떠돈다.
달도 쉬었다 가는 서산동 달동네
상처 아문 딱지처럼 달라붙은 따개비, 판자촌에서
얽혀버린 생애의 줄 타래 풀어 바다 채비를 한다.
한숨 섞인 안개 걷히자 풍랑주의보도 사라졌다.
삭신을 쑤시던 진통 한 겹 떼어내듯
어부는 허리춤에 붙인 파스를 떼어냈다.
바람이 잦아들며 팽팽해진 수평선에
사글세나 등록금같이 선명한 기표를 걸어두고
고기떼가 돌아오는 길목에 부표를 던진다.
자울려도 놓을 수 없었던 식구들
만선의 깃발로 둘둘 말아 가슴에 품고
산동네 내걸리던 빨래처럼 하얀 소망,
집어등을 켜고 뱃전에 기대 낚싯줄을 당긴다.
물살에 떠밀리듯 흘러온 목포에서
소금기 절은 눈물들 바다에 던져버리고
통통 통통! 발동기 엇박자에 맞춰

넘실대는 파도의 춤사위를 따라
아득한 수심에서 희망 한 줄기 건져 올리고 싶었다.

너울에 흐물거리던 어부의 얼굴에 비린내 퍼진다.
바다로 간 지아비를 기다리는 아낙네
밤을 지새운 외등이 수묵화처럼 번진다.
마중 나온 섬 달래며 돌아오는 고깃배
궤짝에 담긴 갈치마다 집어등 불빛이 반짝인다.

# 닥나무 문종이 백지 가계도

할머니는 겨울을 문종이에 꼬깃꼬깃 접어
다락방에 숨겨두곤 했다.
습기가 들지 않도록 잘 말아둔 적도 있다.
바랜 달력 위로 느리게 걸어오던 추위가
입동보다 먼저 손가락 끝에 와닿았다.
누군가 엿보려는 듯 부끄럽게 뚫린 창호지
가난한 틈으로 찬바람이 들락거리고
가끔은 문풍지가 떨리며 한밤에 울었다.
몇 번은 흔들렸을 가계
닥나무 실록은 좁고 어두운 다락에서
문종이의 실핏줄처럼 가늘게 이어졌다.

걸친 것 하나 없이 알몸으로 벗겨진 닥나무
한기를 막아주던 껍질은 잿물에 삶겼다.
줄기는 흰 뼈를 드러낸 채 헛간에 갇혔다
물기를 털어낼 즈음 불이 되었다.
살아갈 날만큼 어두웠던 닥나무 껍질은
여백으로 살아남아 행간의 깊이 전하려
수천 번의 방망이질로 자신을 두들겼다.
흑피가 백피로 창백해질 때까지

고해(叩解)가 길어질수록 껍질은 하얗게 질려갔다.
껍질에 새겼을 반짝이는 햇빛 무늬와
웅크린 물방울의 흔적은 으깨져 물풀로 흐물거렸다.
한 올 한 올 풀어져 해리(解離)된 잔해들
채로 떠서 주름진 한 생애를 펴면
마침내 문종이가 되었다.

함부로 베이고 절망보다 낮게 엎드려 끓는 솥에 삶겼다.
뜬금없이 두들겨 맞다 풀리고 뜨이고
피가 마르는 시간을 다시 말리기까지
아흔아홉 고비를 넘은 닥나무가
백 번째 사람 손에 닿자 백지(百紙)라 불렸다.

# 뻥튀기

버려진다 나는
몸을 가누지 못하고 바람에 휩쓸린다.
금 간 쇳덩어리 수레에 실려 고철장 가는 길
삐걱대다 헐거워지기까지 한 생애
돌아보니 마을마다 뻥을 외친 것이 전부였다.

가로수 그림자도 흐려지는 계절
정강이까지 차오르는 눈발 헤치며
적막을 수레에 끌고 들어서던 동네
불어난 빚과 가물었던 날들
주전부리 삼아 모두 튀겨버리고 싶었다.
비쩍 마른 강냉이며 쌀보리 가래떡
나는 아무리 먹어도 늘 허기진 한 마리 곰이었다.
볼록한 아랫배에 누덕누덕 눌어붙은 숯검정 이력서
화덕 위 느긋이 드러누운 끝 없던 다비
노인은 지그시 눈 감은 채 풍구를 돌렸다.
날름날름 받아먹던 낱알들 내 속에 부풀어 오르고
바늘이 떨리며 한고비 넘을 때까지
꼭 한 번 소리치고자 시한폭탄을 끌어안고 버티었다.
그림자도 느리게 걷는 골목에 죽비소리

닳아버린 지문처럼 희미해진 바람과
골목길로 흩어지는 달동네의 고단함
홑청 걷어 젖히듯 저만치 달아나던 설움들 버무려진
뿌연 연막 속으로 아이들은 뛰어들어
목화솜, 떨어지는 튀밥을 주워 먹었다.

복수가 녹물로 붉게 흐르고
다물 수 없어 자꾸만 빗물 스미는 주둥이
버둥거리는 몸뚱이를 비우려 고철상 가는 길
사는 동안 세상에 건넨 말이

뻥! 한 마디였다.

# 나의 묘지 터에서

나무뿌리들이 실핏줄처럼 드러난 산자락에
다음을 기다리는 나의 묘지 터가 있다.

나는 머지않아 지난날을 안고 이 터에 들어가
누울 것이다.
늙고 게으른 소보다 못난 삶을 살았던 나는
기쁨과 슬픔으로 짜낸 삶의 피륙을 벗어 던지며
필름이 바래도록 잘못 살아온 날을 되새김할 것이다.
맥박은 멎고 흐르던 땀방울도 말라갈 것이다.
내가 지상에 지었던 집은 세월에 아귀가 틀어져 기울고
고향 금천리는 물소리로 먹먹한 마음을 달랠 것이다.
살아왔던 날들, 내가 그토록 사랑했던 날들은
하관이 끝날 무렵 옛이야기로 서걱이다 흩날릴 것이다.

꿈도 함께 멎을 것이다.
나의 시가 더이상 쓰이지 않아 버려지는 파지처럼
외로움이나 쓸쓸함, 사랑이나 열망도 구겨지고
방황하던 그림자 떠난 뒤 우물도 허물어져
나는 한 자 깊이 땅속에 한 줌 재로
저 깊은 곳을 향해 앙금처럼 가라앉을 것이다.

소나무 물푸레나무 때죽나무들과
뿌리로 서로를 얽어 바람에 휩쓸리다
떠도는 구름의 옷자락 끄집어 술 한잔할 것이다.
겹겹이 병풍을 친 산등성이와
물줄기 바다로 내달리는 나의 묘지 터에서
외로움이 몸서리처럼 젖어 드는 밤이면
바뀌는 별자리를 헤거나
기운 달이 또 언제 차오를지 손꼽으며
그렇게 잊히어 갈 것이다.

# 폐선

너는 방향을 잃고
해안선으로 떠밀려온 고래처럼 드러누웠다.
마지막 숨을 헐떡이며 부력이 빠져나간 틈새마다
부검을 마친 칼자국 깁듯 따개비가 달라붙었다.

눈 감고도 다녔을 바다,
갈아엎던 이물의 쟁기질처럼
먼바다의 부표를 향해 달려나갔을
항로마다 일었던 파문(波紋)을 기억하는 지느러미
서서히 가라앉는 펄에 낡은 육신을 절반쯤 묻고
파랑을 헤쳐왔을 엔진, 울대에 벌겋게 엉긴 핏덩어리
만선의 깃발 달고 들어오던 포구마다
반겨주던 등대를 떠올리는 눈빛은 자꾸만 흐려지는데
아랫배에서는 해루질하던 비늘이
혼잣말처럼 한 움큼씩 묻어나왔다.

모든 것이 삭아가는 바다의 시간,
언젠가는 함께 허물어져 갈 해안선에
한 생애 버거웠던 짐을 부리고
날 비린내를 잃은 채 갯벌에 잠긴다.
파도가 갉아먹은 옆구리 사이로
조문을 왔는지 농게들이 들락거리고 있다.

# 막차는 떠나고

겨울 속으로 막차는 떠나갔다.
산간마을의 살얼음을 짐칸 가득 안고
어렴풋이 떠돌던 불안한 안개와
수척하게 말라가는 그림자를 데리고
눈인사를 끝으로 막차는 떠나갔다.
산간마을의 마지막 불씨 그러모아
한 점으로 아득히 멀어져갔다.

겨울이 눌러앉은 산골의 시간은 굼떠
눈을 떠도 늘 별빛이 설익은 새벽이었다.
잠이 달아나버린 노인들은 헛기침으로 어둠을 물리며
오래 앓던 습관처럼 쇠죽을 끓였다.
아이들이 사라져 늙어버린 마을에
팽이나 고욤이 가지째 말라가고
숲속에선 도토리가 툭툭 떨어져 굴렀다.

# 외로움에 대하여


입을 다문 낡은 책갈피처럼

발길 끊어진 우물가에
저 홀로 늙어버린 고사목처럼

내 안에 내가 있어도 나는 외롭다.

# 해는 저물고

또 하루를 살았다.
어디로 가는지 모르게
허투루 살아온 지난날은 쌓이는데
기약 없이 또 하루가 저문다.

홀연한 바람이 나를 휘저어 흔들고
석양에 늘어진 내 그림자, 내게 길을 묻는다.

자력을 잃어버린 나침반처럼 늘 제자리걸음이었다.
종점까지 갈 길은 아직도 먼데
날이 갈수록 낯선 세상
이방인들로 붐비는 거리엔 방언들이 쏟아지고
죄인처럼 바랜 옷을 입고
나는 늘 담장 밖에 서성거렸다.

언제부턴가 내가 나인지
내가 나였던지 분간하기 어려웠다.
나는 어둠에 길들어
까마득한 지하갱도 막장에 앉아
암각화를 새기듯 세월만 긁고 있다.

끝내 가지 않은 길은 닫히리라.
다하지 못한 이야기 눈보라처럼 흩날리는데
벌써 해는 저물고.

# 당산나무

말상개* 산모퉁이 돌아 강어귀에
저 혼자 울고 있던 당산나무가 나는 무서웠다.
칠흑 같은 어둠을 쓸어안고 우두커니 서서
속울음 삼키던 당산나무

섣달 그믐날 당숙 아재 제사에
밥 한 그릇 놓으러 갔던 할머니 따라 호롱불 잡고 나섰던 길
하염없이 길어지던 염원처럼 펄럭이던 치마저고리
신우대 숲에 쪼그려 앉아 나도 떨었다.

함부로 건널 수 없는 이승의 강가에
떠난 이들의 혼불처럼
가슴팍으로 쏟아지던 별빛을 헤다
가지 끝에서 뿌리까지 흔들리며
저 혼자 울고 있던 당산나무

밤은 깊어가는데
쓸쓸히 서 있을 그를 두고

바람의 옷자락을 붙잡고 황급히 뒤돌아오던
내 발자국 소리가 나는 무서웠다.

* 말상개 : 전남 광양시 다압면 금천리 입구에 있는 산줄기 끝자락으로
          섬진강 물을 마시는 말의 형상을 닮았다 해서 붙여진 지명.

# 옛집을 허물며

옛집을 허물고 돌아왔다.

빛바랜 지붕과 해묵은 서까래가 내려앉고
만만치 않은 무게를 참아내며
의지를 마련해 주던 기둥도 무너졌다.
황토 냄새 짙게 밴 흙벽
밤새 성가시던 귀뚜라미 울음소리도 잦아들었다.
한겨울 추위에 파르르 떨리던 문풍지가 찢겨나가고
허구한 날 땔나무를 해오라며
우릴 떠밀던 아궁이도 허물어졌다.
구들 밑 고래에 켜켜이 묵은 재들이
한 줌 설움처럼 날아올랐다.

열두 평 남짓 삼 칸 집에서
나는 가난을 몰랐으므로 행복하였다.
집이 허물어져 내리는 동안,
어머니가 수심에 잠겨 부엌에 앉아 있었다.
어머니는 집을 떠받치는 고목처럼
입을 굳게 다물고 내달리기만 할 뿐
삶에 베인 쓰린 상처는 부뚜막에서 다독였다.

옛집을 허무는 것은
추억의 샘을 허무는 것처럼 마음 아픈 일이다.
가라앉을 줄 모르는 먼지의 일렁거림이
오랫동안 눈부시도록 햇살에 반짝거렸다.

# 어머니의 반짇고리

그대 가신 길이 멀어 돌아올 수 없다면
칠흑 같은 밤마다 홀로 내걸린 외등이 되겠습니다.

접힌 책갈피 뒤로 이어진 이야기는 첩첩산중인데
노란 은행잎 한 장 끼워 놓고 떠나신 후
은행나무는 몇 번이나 물들어 잎을 떨구었습니다.
손길 멎은 장독에는 다시 소금꽃이 피고
그대 기다리던 마당에는 감나무 그림자만 서성입니다.

반짇고리엔 깁다 만 세월이 뉘어져 있고
덧댈 헝겊은 아무렇게 나뒹구는데
아깝다며 쓰지 못한 바늘 한 쌈
뜯지도 못한 포장지에 고스란히 싸여 있습니다.
차마 버리지 못한 양말 한쪽
길을 잃어 어찌할 줄 모르고 있습니다.

그대 떠나신 뒤로
밤하늘 강나루에 바람은 잦아들지 않고
억새만 서로 몸 비비며 웁니다.
나루터에 행여 바람이 매섭더라도
그대 다시 돌아오신다면
오늘 밤 등불 들고 나가 기다리겠습니다.

 내 젊은 날은 단무지처럼 절여져 기억의 칼끝에서 절 편처럼 썰렸다. 흐물거리는 시간들 썩히지 않으려 방부 제를 들이붓듯 소주를 털어 넣었다. 하루의 마감은 적당 한 취기와 곰삭아 올라오는 트림으로 마무리하곤 했다.

 계절이 바뀌면 옷을 갈아입듯 습관처럼 회사를 가고 신호등에 걸리거나 아무렇게 내달리다 과속카메라에 덜 미를 잡히기도 했다.
 잘못 살아온 인생을 증명이라도 하려는 듯 느닷없이 경찰서나 세무서로부터 고지서를 받았다.
 희망이라는 몽롱하고도 아름다운 단어가 붙은 사직서 에 사인했다.
 내가 알던 사람들은 이런저런 이유로 모두 떠나갔다.

 내 안에 젊음은 남아나지 않았지만 나이라는 잣대가 나를 젊게 했다.
 가끔은 젊다는 핑계로 토악질을 해대거나 뜬눈으로 밤 을 뒤적거렸다.

흐느낌 끝에 꿈이라는 것을 알고 가슴을 쓸어내리다가도 다시 잠들어 함정에 빠진 채 헤어 나오지 못하기도 하고 표류하는 바다에서 심드렁히 드러눕거나 바닷속을 자맥질하기도 했다.

자주 비틀거리는 나에게 사람들은 편을 먹으라 종용했다. 어린 시절 병정놀이를 하며 편을 먹기도 했지만, 편을 나누어 싸우는 무리의 눈빛과 광기를 나는 알고 있었기에 늘 주저했다.
젊은 날의 부지기수는 편싸움으로 먹어들어가 버렸다. 더이상 비유로 말할 수 없는 날 선 세상이었다.

설익은 과일을 따러 서리를 가듯 시가 그리웠다.
날이 갈수록 시들은 외계에서 온 괴이한 전파처럼
알아먹을 수 없이 머릿속에서 웅얼거렸다.
포르말린에 절인 추상화를 건져내 보는 듯했다.
명징한 시, 그림 같은 시에 사람 냄새를 맡고 싶었다.

세상살이에 지친 나를 기다리고 토닥거려 주는 이는 고향 어귀 팽나무였다. 그는 소유하지 않고 내어주는 그늘을 가르쳐 주었다.
고향으로 달려가는 날이 잦아질수록 나는 팽나무 그늘에서 모든 걸 내려놓았다.
문풍지 사이로 오한의 시린 바람이 울어댔다. 어머니는 아궁이 고래 깊숙이 군불을 지피고 아랫목은 늘 푸근했다.
세상에 두려울 것이 없었다.

# 시로 쓴 한국민중사

필자는 대학 시절의 대부분을 성균관대의 행소문학회에서 보냈다. 김종두형은 84학번, 나는 87학번이다. 1학년과 4학년이다. 함께 지낼 시간도 적었다. 그러니 추억할 만한 대목은 없다. 다만 마른 얼굴에 시골에서 올라온 고학생들의 표상인 군복 야상을 입고 있던 촌스러운 모습과 착하고 순수하다는 형의 이미지가 남아 있다.

그런데 작년 여름 무렵 지금도 가깝게 지내는 행소문학회의 선후배들에게 형 시집 내자는 말들이 나왔다. 문학회 단톡방에 형의 시들이 올려졌는데 너무 좋다는 반응이라는 것이었다. 나는 시도 보지 않은 채 그렇게 좋다면 내야겠다고 말했다. 착한 형의 착하고 좋은 시인데. 페이퍼로드의 발행인이기도 한 필자는 성격이 급한 편이다. 형에게 시집 발간할테니 원고 보내달라고 했다. 형은 이게 시집이 되겠냐며 원고를 보내왔다. 첫 시가 눈에 확 들어왔다.

난 알아.

그대들이 내 살아있음을 원할 때 죽는다는 것을

포장마차 마지막 좌판에서
한껏 홀로 버텨도 보지만
도마 위론 잔별이 지고
사지의 곱절이나 되는 아픔들
램프 빛 슬픔에 탈 적마다
축배의 잔은 길어져
그대보다 내가 먼저 취한다는 것을

난 안다.

이 밤새 퍼붓는 함박눈처럼
굵디굵게 썰리어
그대들의 가슴속에 내가 녹아도
나는 아직 낙지라는 것을.
– 〈산낙지, 마지막 좌판에서〉 全文

당신들 위장 속에 녹아나도 나는 아직도 낙지라며, 죽어도 죽지 않겠다는 낙지의 의지가 인상적이었다. 애초 보내온 원고에는 지인들에게 이 시의 배경을 말하는 글도 첨부돼 있었다. 그 글과 함께 보면 시가 더욱 입체적으로 눈에 들어올 것이다.

예전 연애시절, 제주도로 가는 배편을 타기 위해 잠

시 들렀던 도시

목포는 선창가 해풍에 절어 남루한 묵화처럼 보였습니다.

목포에서 처음으로 〈산낙지〉를 만나던 날,

세발낙지를 팔던 빛 바랜 포장마차에 내걸린

'산낙지 한 마리 00원'

그 가격표를 보며 난

삶이 곧 꼼짝도 없이 죽음으로 가는 길임을 보고 놀랐습니다.

세발낙지 회를 원하는 손님에게

낙지의 상품성은 '살은' '살아있다'는 것이 필수요소입니다.

〈산낙지〉에서 낙지의 접두어, '산'은 곧 낙지들에게

죽음으로 갈 수밖에 없는 족쇄인 셈입니다.

오늘 내가 살아있음이 죽음을 부르는 유혹이자, 통로인 세발낙지의 기구한 운명.

비록 어부들에게 잡혀오긴 했지만,

그래도 삶을 포기하지 않고 수족관, 고무 다라니에서

처절한 버티기를 해보지만,

그 지난한 몸부림이 '싱싱함'으로 구미를 더해 횟감으로 썰리어 식탁에 올라온 마디가 잘린 채 꼬물꼬물 분절된 몸부림을 본다는 것,

나의 세발낙지 첫 대면식은

작고도 참으로 끔찍한 슬픔으로 그렇게 기억에 남아있습니다.


나는 애초 이 산문도 책에 넣고 싶었다. 다른 시편에도 몇몇 산문이 붙어있었다. 일종의 생활시산문집이랄

까. 굳이 시집이란 형식에 매이기 싫었다. 알기 쉬운 대중적인 글을 좋아하는 필자의 성격상 산문이 같이 붙이면 더욱 입체적으로 시가 이해될 것 같았다. 그러나 형은 수정원고를 보내며 산문 삭제를 요청했다. 시에 굳이 산문을 덧붙이기 싫다고. 형의 의사에 따랐다. 하긴 첫시집에 산문을 덧대는 것도 흔쾌하진 않을 것이다. 어차피 시집 형식이라면 말미에는 보통 발문이 따라붙는데 마땅히 부탁할 만한 이도 없었다. 필자가 발문을 쓰겠다고 나섰다. 원고를 일독해보니 시집에 몇 가지 특징이 있다는 것을 느꼈다. 우선 이 책은 시로 쓴 '한국 현대 민중사'라 할 만했다. 물론 본격적인 역사책이 아니니 전체를 아우를 수는 없어도 말이다. 한 개인의 삶도 역사다. 그것도 아름다운 시어로 전한다. 시인 자신도 지금껏 살아온 삶을 정리하고 싶다고 한다.


새끼꼬기
−1970년대 가계부


꼬면 꼴수록
길어지던 가난을
아버지는 내내 꼬고 있었다.


어디 형의 아버지만 가난을 꼬고 있었을까. 그 시대 민중의 삶은 다들 그렇지 않았을까. 필자의 아버지도, 장인 어른도 그랬다. 이 책에 실린 많은 시에는 우리 현대사 민중의 삶이 편편이 박혀있다. 할머니의 꽃상여를 그린 이 시는 어떤가.

꽃상여 가네
할머니 가네

열여섯 새색시 시집와
다락논 매고
골골 산골 밤 자루 이고
하루살이 한세월 넘어

꽁보리밥 수제비
식구들 땟거리 챙기고
부뚜막에 서서 물배 채우던

생때같은 자식새끼
전쟁통에 앞서 보내고
곰방대로 버티다
치매에 아기가 되어
－〈꽃상여〉中

형 어머니의 삶을 그린 시 역시 우리 민중의 삶을 대
변한다.

어머니는 고사리며 봄나물을 뜯어
새벽녘 첫차를 탔다.
장으로 가는 어머니의 어깨에는
식구들이 매달려 있었다.

해빙으로 언 땅이 녹아
봄풀이 올라오기 전까지

겨울철 밥상은 방부제 냄새로 찌든 수제비가 대부분
을 차지했다.
밀가루 포대엔 태극기와 성조기 아래
사내들의 굵은 팔뚝이 악수를 하고 있었다.
 - 〈금천정류소, 어머니를 기다리며〉 中

60, 70년대 보릿고개를 넘어야 했던 그 시절 대다수
민중의 식생활은 원조밀가루로 뜬 수제비가 큰몫을 차
지했나보다. 요새야 별미로 먹는 수제비가, 보리밥이
그 시절엔 질리도록 먹어야 했다. 필자의 장모 역시 수
제비 대접한다는 사위의 말에 진저리를 치셨다. 하도
먹어 수십년의 세월이 지났어도 그 질린 것은 잊질 못
하셨다.

형 자신의 삶에서도 고향 친구들이나 주변에 겪은 이
들의 참으로 고된 아픔이 기록된다.

철판상가 공원으로 틈틈이
귀향할 날을 조여간다며
이따금 보내오던 영두의 편지 구절과
고무 화학 공장에서 마취로 쓰러진 채
감꽃 흐드러진 고향  어귀 와보았다던
창봉이의 서투른 글씨체에 얻어맞고
나는 울었다.
 - 〈시골동창회〉 中

그럼에도 우리네 민중은 삶의 희망을 놓지 않았다.
배반될 희망이라도.

위태로운 가계보다 위태로운
떼배에 희망을 걸고
대 막가지 하나로 휘청이며
새 세상으로 나아가듯
섬진강 굽이를 흘러갔다.
　－〈떼배를 띄우며〉中

　떼배란 통나무 몇 개를 엮어 한사람이 겨우 탈만한 작은 배를 말한다고 한다. 형의 아버지는그 작은 배를 타고 섬진강에서 희망을 건져올리려 했던 것이다.

　형 시집의 두 번째 특징은 삶에의 대책없는 긍정이다. 그 긍정에는 치열함이 동반한다. 형이야 게으른 소처럼 살아왔다고 하지만 아니다. 그런 삶 속에서 통찰이 나오기도 한다.


계절이 두려워서
동백이 지는 것이 아니다.

아프고 늙어서
동백이 떨어지는 것이 아니다.

시든 꽃들로 씨앗을 숨겨
다음 생애를 준비하는 동백은
나락의 땅 위에서 씨를 뿌린다.

동백이 피고 지는 것이 아니다.

동백은 피고 다시 피어나는 것이다.
  – 〈동백〉 全文


통상 봄이 되면 목 떨어지듯 지는 동백꽃을 보면 눈물 나오는 정서가 주조를 이룬다. 송창식도 〈선운사〉에서 '동백꽃을 보신적이 있나요. 눈물처럼 후두둑 지는 꽃 말이에요.'라고 노래하지 않았나. 그런 동백에게서 삶의 의지를 느끼다니. '동백은 피고 다시 피어나는 것'이라고 시인은 말하니 대책 없는 삶에의 의지다. 경이롭다. 그러니 벗겨진 나무에서 다부진 모습을 발견한다.


겨울이면 나무는 옷을 벗는다.
황망한 바람에 나신(裸身)을 맡긴다.


수맥을 따라 조용한 꿈들이 하늘로 솟고
추울수록 안으로 돋는 삶의 단단한 각질이여
겨울이면 나무는 비로소 나무가 된다.
  – 〈겨울나무〉 全文


'추울수록 안으로 돋는 삶의 단단한 각질'은 대기업을 다니다 퇴직해 지금은 다른 일을 하고 있는 형이 여전히 대학시절의 얼굴 그대로 강단 있게 살아가고 있나 보다.


한 발자국만 내디디면
희망으로 가는 첫걸음이다.

얼어버린 땅 밑에서
씨앗들은 꿈꾸고
바위틈에서 새싹은 움튼다.

살얼음판 아래서도
강물은 흐른다.

절망의 벼랑에서
새들은 깃을 갈고 둥지를 튼다.
〈희망에 대하여〉 中

형은 절망을 모르나 보다. 언 땅에서도, 살얼음판에
서도, 벼랑에서도 희망을 본다. 그런 강한 사람도 눈물
이 있다.

눈물이 있어야 사람은 아름답다.
아름다운 사람만이 눈물을 갖고 있다.
한 방울의 눈물로 세상은 맑아진다.

삶이란
눈물을 흘리기 위해 살아가는 것
눈물 없이 살 수 없는 것
산다는 게 그런 것이다.
〈눈물에 대하여〉 中

앞에서의 강렬한 삶의 의지 이면에는 눈물이 있다. '뒤돌아보면 지워지지 않는 기억, 골짜기마다 눈물이 흘렀다'고 한다. 강단 있고, 옹골차 보이는 형의 이면에는 눈물이 있었나 보다. 눈물의 힘이 있다면 그러지 않을까 싶다.

사랑할수록
아픈 가시 함께 자라는
껴안을수록 아픈 가시
더 깊이 박히는
고슴도치 사랑.

사랑이란 그런 것이다.
〈고슴도치 사랑〉全文

눈물 많은 사람, 그이기에 이런 사랑의 정서가 있는 것 같다. 삶의 눈물을 버티게 하는 것은 아프지만 사랑 같기도 하다.

세 번째로 느끼는 것은 그가 시인의 눈을 가져서인지 사물에서 의미를 발견한다는 것이다. 통상은 지나칠법한 일상의 사물에서 새로운 발견을 한다.

시계를 산다.
차마 시간을 살 수는 없어
시계를 산다

(중략)

시계바늘을 거꾸로 돌려
시간을 되돌릴 수 있는 시계나
잘못 살아온 지난날을 지우고
앞으로 살아갈 날만 가리키는
시계가 멎을 때
시간도 함께 멈추길 바라며
나는 허구한 날 시계를 산다.
〈시계를 사다〉 中

시인은 발견자이자 발명가인가보다. 누가 시간을 사기 위해 시계를 사나. 누가 시간이 멈추길 바라며 시계를 사나. 누가 지나간 날의 오류를 지우기 위해 시계를 사나. 새로운 개념의 발명이다. 누구나 희구하는 것들과 시계의 결합이다. 시간의 소중함을 각인시킨다.


내 오늘의 마지막 숙면과
내일의 첫새벽을 조율하는 알람은
한 해 건전지 하나를 받는 박봉에도
태업한 적이 단 한 차례 없다.

소명을 다하고자 늘 깨어있는 알람
꺼지지 않는 헌신 앞에서
나는 가끔 부끄럽다.
〈알람〉 中

알람 역시 마찬가지다. 성실하게 살아가는 이에게 알람은 소중하다. 그런 알람이 박봉이라니. 꺼지지 않는 헌신을 한다고 상찬한다. 시인의 마음이란 게 그런 것인가. 시심을 잃어버리고 살고 있는 필자가 부끄럽기도 하다.

의치를 만지며
내 삶이 흔들리지 않았으면
내 삶이 썩어나지 않았으면
〈임플란트〉 中

나는 임플란트 하면 돈부터 걱정했다. 그러나 시인은 다르다. 임플란트를 하면서 삶의 의지를 다진다. 흔들리지 말았으면. 썩어진 삶을 살아선 안 되겠다는 다짐을 한다. 사물에 대한 의미 부여는 흔들리지 않는 삶, 썩지 않는 싱싱한 삶에 대한 다짐이다.

원형 판에 철심 하나 세워
세상을 겨눈다.

무시하지 마라.
하나의 압정으로도
이 밤이 악몽일 수 있으니

함부로 걷지 마라.
세상의 압정들
네 한 걸음 지켜보고 있으니

〈압정〉全文

　안도현은 연탄재 함부로 차지 말라고 했지만 종두형은 함부로 걷지 말라고 한다. 그 작은 원형판에 철심하나 세워놓은 것에 밟히면 한 밤이 악몽으로 변하니. 아마도 일상의 미미해 보이는 이들을 깔보거나 함부로 대하지 말라는 것은 아닐까. 세상사 작은 일도 소중히 하라는 의미는 아닐까.

　지난 여름 형이 터잡고 있는 목포에 내려갔다. 형은 고향 옛집에 새로 집을 짓고 있다고 했다. 직장에서 은퇴한 형은 다시 글을 쓰기 시작했다고 한다. 시인으로서 새로운 청춘을 불태우시길 바란다.

　**최용범** (행소문학회 11기, 페이퍼로드 대표,
　『하룻밤에 읽는 한국사』 저자)

# 절망의 벼랑에서 새들은 깃을 갈고 둥지를 튼다

**초판 1쇄 발행** 2023년 5월 20일

| | |
|---|---|
| **지은이** | 김종두 |
| **펴낸이** | 최용범 |

| | |
|---|---|
| **편집** | 이영희 |
| **디자인** | 전형선 |
| **그림** | 최동춘 |

| | |
|---|---|
| **펴낸곳** | 페이퍼로드 |
| **출판등록** | 제10-2427호 (2002년 8월 7일) |
| **주소** | 서울시 동작구 보라매로5가길 7 1322호 |
| **이메일** | book@paperroad.net |
| **블로그** | https://blog.naver.com/paperoad |
| **포스트** | https://post.naver.com/paperoad |
| **페이스북** | www.facebook.com/paperroadbook |
| **전화** | (02)326-0328 |
| **팩스** | (02)335-0334 |

| | |
|---|---|
| **ISBN** | 979-11-92376-23-3 (03810) |